i jackpot
39

Via Genova, 208 - 10127 Torino
prima edizione: maggio 2019
direttore editoriale: Andrea Malabaila
progetto grafico: Chiara Scavino
direttore creativo: Davide Bacchilega
correzione bozze: Alessandra Sirotti
ufficio stampa: Carlotta Borasio
foto di copertina: © Image Source - iStock

ISBN 9788895744490
www.lasvegasedizioni.com

Monica Coppola

La misura imperfetta del tempo

ROMANZO

LAS VEGAS
edizioni

Alla mia famiglia e a tutte le altre

Nella teoria della relatività non esiste un unico
tempo assoluto, ma ogni singolo individuo ha
una propria personale misura del tempo,
che dipende da dove si trova e da come
si sta muovendo.
Stephen Hawking

L'amore conta,
conosci un altro modo
per fregar la morte?
Luciano Ligabue

Prologo

Di cose da ricordare quel giorno ne erano successe tante. Troppe.

La prima che veniva in mente a Lara erano i bigodini flosci, blu e verdi, sparpagliati sui capelli di sua madre, esausti come lei, quando le aveva aperto la porta all'alba.

La seconda era lo schiaffo, secco e deciso, che le aveva dato suo padre subito dopo.

Lara se l'era preso senza dire una parola, labbra e verità serrate, i vestiti stropicciati come quelle notti fuori casa, senza dormire, senza mangiare. Notti che adesso non servivano più a niente, che bruciavano come le cinque dita sulla guancia.

Avrebbe potuto raccontare l'accaduto e forse Zita e Tore avrebbero smesso all'istante di sputarle addosso i dispiaceri, la mancanza di rispetto, i sacrifici che facevano per lei e le altre menate. Sarebbero ammutoliti di colpo, l'avrebbero abbracciata.

Ma era rimasta in silenzio; si era cambiata, un paio di jeans, un maglione a caso, qualcosa per coprire il segno dello schiaffo, una sciarpa rossa, maledetta come quel giorno, come quelli precedenti. Una sciarpa che pungeva e non avrebbe messo mai più.

Ci aveva affondato il viso dentro, era uscita sbattendo la porta sulle facce stravolte dei suoi, i passi concitati dentro le pozzanghere, incurante della pioggia, di tutto il resto.

La chiesa era in fondo alla piazza con i piccioni che cagavano dappertutto. Il sindaco aveva messo una rete per ripararla e adesso, sotto quella rete, si muoveva una marea di gente. Troppa.

Si era buttata in mezzo anche lei, chi la spingeva a destra, chi a sinistra, ombrelli che si aprivano e chiudevano, la mano d'istinto era scivolata sotto il giubbotto.

Era riuscita a entrare ma non vedeva niente. Malediceva il suo metro e sessanta scarso e tutti quelli che le stavano davanti. Si era avvicinata al confessionale, il prete aveva allargato le braccia per dirle che non era il momento. Lara l'aveva ignorato, si era arrampicata sui gradini e finalmente li aveva visti: il padre, la madre, la figlia più o meno della sua stessa età.

Ondeggiavano abbracciati l'uno all'altro, sommersi da fiori di dolore.

Le era colato dentro un misto di rabbia e sofferenza. Di impotenza a cui voleva ribellarsi.

Adesso vado e gli racconto tutto.

Aveva fatto qualche passo ed era stata travolta da un senso di straniamento, il respiro spezzato come se la vita le si staccasse di dosso e scivolasse via. Le dita si erano arrampicate sul viso per assicurarsi di averlo ancora. Erano arrivati i dubbi, i ripensamenti.

Come poteva lei a vent'anni cambiare quello che stava accadendo?

Aveva taciuto, un'altra volta in quella giornata.

L'attimo se n'era andato. Lei anche.

Capitolo 1

1.

«Nonna, hai preparato tutto?»

Dal telefono la voce di Mia si sovrappose a quella del colonnello del canale uno che annunciava rovesci temporaleschi in Pianura Padana.

Zita pensò che doveva darsi una mossa, ma prima c'era da risolvere questa grana con sua nipote.

«Non ancora. Faccio tutto dopo ché adesso sono un po' di fretta.» Fissò il trolley vuoto, abbandonato nel corridoio accanto allo stendino con i panni rinsecchiti. Sospirò.

«Però il tempo lo devi trovare. Ti sei scordata che è domattina?»

«Lo so, lo so» borbottò. Come faceva a dimenticarlo? La tormentava con quella storia da settimane.

«Facciamo così, passo io da te dopo così ti aiuto.»

«Non ci sono. Ho promesso a Caterina che l'accompagno dal dottore» temporeggiò Zita.

«Non importa. Io stacco dal supermercato e vengo. Tanto le chiavi le ho» concluse Mia, determinata come i suoi ventidue anni.

«E facciamo così.»

L'odore acre di caffè bruciato le solleticò il naso. Zita si affrettò a spegnere la fiamma.

«Nonna, ci sei ancora?»

«Sì, ho spento il caffè.»

«Non è che l'hai bruciato anche stavolta?»
«No» mentì, gettando il liquido scuro nel lavello.
«Allora ci vediamo più tardi.»
«Vabbè, ciao.»
Zita si spostò nel corridoio, la strana sensazione che ora fosse il trolley a fissare lei. Gli rifilò un calcetto secco, indispettita. Accese la specchiera del bagno, due lampadine fulminate su tre. Districò con le dita i capelli di un biondo appassito e stese sul viso un fondotinta preso a caso dal cassetto.
Uscì, il volto color bronzo e il collo bianco latte, ma tanto, là dove era diretta, non sarebbe importato a nessuno.

2.

«Le solite tre?» domandò la donna.
Zita annuì e frugò nel portafoglio per ignorare il fremito che le attraversava la schiena ogni volta che le cesoie, con un colpo netto e deciso, tagliavano i gambi delle rose.
In sei mesi, ancora non ci aveva fatto l'abitudine.
Si lasciò alle spalle la piazza semideserta e si fermò davanti al cancello, annotando mentalmente il nuovo orario estivo.
Percorse il viale a piccoli passi, in compagnia della ghiaia che scricchiolava sotto le scarpe, gli occhi vigili, attenti a indugiare tra i *nuovi arrivati*. Voleva proprio vedere se sbucava fuori un vaso più grande di quello del suo Tore. Nel caso, sarebbe andata a fare le rimostranze a chi di dovere. Lo aveva detto subito che quei tipi lì, alti e abbronzati come in tv, non le piacevano per niente. Agghindati come per andare a uno sposalizio più che a fare quello che dovevano fare. Che poi mica la stavano a sentire. Macché. Continuavano a tirare fuori cataloghi dalla valigetta nera e a fare un sacco di domande.

"Ha già visto il nuovo marmo bianco tipo Crystal*?"*

"Per le rifiniture preferisce frakè, ebano, rovere o noce? La foto la stampiamo seppia o grigio antichizzato?"

Aveva risposto che potevano fare come volevano a parte che si risolvesse la questione del vaso: lo voleva più grande. Cosa ci poteva mettere là dentro secondo loro?

E allora *quelli* avevano tirato in ballo il Comune, le concessioni, i regolamenti e l'avevano rimbambita con un fiume di parole che non capiva nemmeno.

Poi, per fortuna, era arrivata Lara.

Il vaso, però, sempre piccolo era rimasto. Per farci stare tre moncherini di rose e un ramo di gipsofila doveva tirar giù i santi dal paradiso e nemmeno lo poteva fare perché, al camposanto, le orecchie erano più lunghe degli steli dei fiori.

Si guardò intorno prudente. Nessuna presenza indiscreta, molto bene. Monopolizzò la scala prima che se la prendesse qualcun altro e salì all'altezza del loculo, il respiro corto come il gambo delle rose.

«Eccomi Tore, sono arrivata. Ho fatto il giro largo perché ci avevo dietro la Dal Molin e lo sai che se mi vede è la fine. Che ogni occasione è buona per farsi i fatti miei.»

Le dita, irrequiete, giravano intorno ai fiori nel vaso, ancora belli in verità, ma per il suo Tore lei li voleva sempre freschi di giornata, come le uova.

«Ma lo sai che l'altro giorno ha avuto pure il coraggio di suonarmi? Voleva la ricetta del couscous! Ma io non ci ho creduto nemmeno un minuto. Quella voleva allungare il collo dentro casa, spiare. Manco le piace il couscous! Che ti ricordi che mentre facevamo il trasloco lei squadrava tutto per filo e per segno con quel muso storto, perché aveva saputo che eri nato a Tunisi e chissà cosa s'immaginava... Voleva vedere, voleva sapere. E quando ti ha visto una volta con la semola in mano, apriti cielo! Quella, tirchia com'era, solo patate e cipolle si mangiava. E allora si è messa in testa 'sta storia del couscous e ci dava il tormento tutti i santi giorni. Quando l'abbiamo invitata a pranzo ci è venuta di corsa. Poi è andata a dire in giro che le avevamo messo nel piatto il mangime per le galline!»

Una goccia fredda le cadde sul naso, seguita da una seconda, una terza e poi non le contò più. Il colonnello non sbagliava mai. Con la coda dell'occhio vide la Dal Molin aprire l'ombrello e affrettarsi verso l'uscita.

«Ma no, non me ne vado. Non mi faccio spaventare da quattro gocce, io. Come quella, hai visto come corre? Come la sua lingua velenosa. Pensa che l'altro giorno persino Caterina, che tu lo sai quella non dice mai male di nessuno, l'ha incontrata e ha detto che le ha fatto mille domande, e perché suo figlio Carlo Maria non si vede mai, e com'è che 'sti nipotini ancora non arrivano e via dicendo. Lei, poverina, c'è rimasta talmente male che non ha trovato il coraggio di rispondere per le rime. Aspetta che suona un'altra volta, gliele canto io come si deve.»

E mentre lo teneva aggiornato su questo e su quell'altro, l'orologio della chiesa scandì sei rintocchi. Zita sussultò.

«Eh Tore, come si è fatto tardi. Tua nipote sarà già agitata. Fammi scappare, va'.»

Imbastì un segno della croce tra fronte e labbra e percorse il sentiero a ritroso. Per fortuna la navetta era puntuale. Salì, e per tutto il tragitto invocò nuovamente i santi, tutta la categoria per non fare torto a nessuno. A lei bastava che qualcuno rispondesse. Che le mandassero un segno, un suggerimento per evitare la condanna che da lì a poco le sarebbe toccata.

3.

Mia girovagava da una stanza all'altra, l'aria crucciata, un bloc-notes stretto in una mano e lo spazzolino da denti di Zita nell'altra.

«Ah. Eccoti, sei tornata. Dov'eri finita? Mi stavo preoccupando.»

«Stavo dal dottore, c'era gente» sviò chinandosi per cercare le pantofole sotto il termosifone, senza trovarle. Mia notò i capelli umidi di pioggia. Non sapeva se affrontare la questione *palle* per l'ennesima volta o lasciar correre. Optò per la seconda.

«Ma dove saranno finite queste diavolo di ciabatte» imprecò Zita, la testa ancora china sul pavimento, la schiena che già faceva male.

«Le ho prese io. Te le ho messe sottovuoto» le indicò un quadrato di nylon tutto schiacciato.

Zita sbuffò: ai suoi tempi sottovuoto ci mettevano il formaggio, non le pantofole.

«Ma io adesso che mi metto?» Arricciò le punte dei piedi, ancora infastiditi dalle scarpe.

Ma sua nipote non la stava a sentire. «Le canottiere le vuoi misto lana o preferisci filo di scozia?»

«Fai tu. Una vale l'altra» concluse sfilandosi le scarpe.

«Allora te le metto tutte e due. Così se hai freddo ti copri e se hai caldo non sudi» e riprese a ingozzare il trolley di buste ripiene di biancheria.

Zita aveva voglia di farlo volare giù dal balcone. Aveva l'aria soddisfatta, il traditore. «Sei contento adesso, eh? Tutto bello panciuto.»

«Con chi parli, nonna?»

Mia spuntò dalla camera con una nuova torre di biancheria.

«Niente, nessuno. Ma ancora roba porti? Sembra che deve partire un reggimento...»

«*Meglio di più che di meno.* Non lo dicevi sempre anche al nonno?»

«Eh sì, lo dicevo, lo dicevo.»

Zita trotterellò verso il cucinino, il solletico del pavimento le provocò uno starnuto.

«Nonna, ma che fai? Cammini scalza? Finisce che ti ammali e poi non parti più.»

«Volesse il cielo» borbottò. «Fammi mettere su un po' di tisana, va'.»

Aprì la dispensa ed estrasse la latta del caffè in cui aveva messo la malva perché, se beveva più di un espresso al giorno, poi non chiudeva occhio la notte. Riempì d'acqua un pentolino zoppo e lo appoggiò sulla fiamma viva.

Mia ricomparve insieme a un dépliant con dei tipi in accappatoio.

«Guarda, nonna, in che bel posto ti ho iscritta. Fanno anche la balneoterapia gassosa!»

Lo lasciò sul tavolo e sparì un'altra volta. Zita scostò la tendina di pizzo sfilacciato, guardò il cortile: era deserto come sempre. Ormai non ci giocava più nessun bambino. Mia un tempo lo aveva fatto. Guardò il dépliant che le aveva lasciato: chissà che accidenti era quella roba gassosa. Sperava solo di tornare tutta intera.

Poggiò sul tavolo una tazza sbeccata, ci mise dentro una bustina e attese le prime bolle nell'acqua con un sospiro.

4.

Seduta al tavolo di un ristorante stellato, in un'altra città, anche Lara stava aspettando.

Il bel tipo abbronzato che aveva davanti, Roberto, Norberto, o qualcosa del genere, lo aveva già collocato in fondo alla sua classifica degli incontri online.

Carino era carino, niente da dire. Ma logorroico.

Del resto aveva cliccato sul suo profilo per i bicipiti e il nickname, MachoMan70. Sceglieva appositamente quelli più banali o insulsi, perché di relazioni complicate non aveva voglia. La sua vita sentimentale se la gestiva nei ritagli di tempo smanettando su MeetMe: il modo più semplice per mettere un *flag* anche al capitolo sesso. Di solito ci riusciva piuttosto bene, peccato non poter dire lo stesso dell'appuntamento in corso.

MachoMan70 blaterava o ruminava. Era partito con gli antipasti e, con tutta la calma del mondo, sarebbe arrivato fino all'ammazzacaffè.

E intanto le lancette scorrevano e lei fremeva; doveva fare ancora un sacco di cose: il report da inviare al direttore commerciale di Gisèle, la *black list* delle commesse che non avevano raggiunto gli obiettivi del mese, correre almeno dieci chilometri sul tapis roulant per smaltire i due calici di prosecco senza i quali non avrebbe retto oltre l'antipasto.

Mascherò uno sbadiglio. Sperava almeno che sotto le lenzuola quella bocca potesse trovare un guizzo creativo.

«Lolita?» la richiamò il tipo. «Va tutto bene?»

«Certo, certo. Stavo pensando... C'è un posto qui vicino dove potremmo stare più tranquilli. Che ne dici?»

Cinquanta minuti dopo Lara scivolò fuori dal letto.

L'ego di MachoQualcosa si era afflosciato come il resto. Problemi suoi.

Si fermò un attimo sul tappeto, i piedi nudi al centro di quel cuore rosso, artificiale e sintetico.

Infilò l'abito tattico, lungo e nero, indossò le autoreggenti, calzò le Prada e si richiuse alle spalle la porta del Love Motel. Il sesso la rinvigoriva e le faceva passare il sonno. Le restava ancora una buona parte della notte per lavorare. In taxi estrasse il tablet e iniziò la ricerca dei dipendenti che nel mese in corso si erano messi in malattia.

Maela Morassi, di nuovo. Una settimana di mutua per accudire i gemelli con la varicella. E dire che pensava fosse una in gamba: se l'era portata dietro in qualche trasferta, stanze doppie uso singola, palestra, pilates, shopping griffato e monoporzioni. Erano *quasi* amiche.

Quasi. E meno male. Perché quella poi si era rimbecillita e nel giro di un anno le era presa la crisi da orologio biologico. Le ambizioni professionali sostituite da una fede al dito e due gemelli che l'unica cosa che avevano in comune erano le caccole al naso. E no, certo che non era invidiosa.

Aveva bruciato una promettente carriera e anche la sua taglia trentotto, che stupida. E pensare che lei, con tutta la fatica che faceva, sotto la quaranta non scendeva mai. Invece quell'altra, che aveva tutte le carte vincenti, le buttava via così, girovita e carriera in una sola manche.

L'amore forse poteva anche farti battere il cuore, ma di sicuro ti seccava il cervello.

Pigiò sul profilo di Anna Cecchini, la *commessa astrologica*. Buona anche quella, che le distraeva tutte le altre con la scusa di spiegare se i pianeti erano allineati o no. La tipa doveva avere una buona stella dalla sua: la valutazione della performance era positiva. Al contrario di quella di Martina Marini, che trascorreva i week-end a fare polpettoni per tutti i parenti e, puntualmente, li postava sui social. Ovviamente il lunedì era sfatta e non si presentava in negozio. Doveva farla fuori, che si trovasse un posto in una gastronomia. Gisèle non faceva più per lei. E nemmeno per Lisa Baccetti che, guarda caso, era di nuovo in maternità. Trovare una sostituta le avrebbe portato via un sacco di tempo.

Che stronza. Scodellare così a tradimento il terzo figlio. Come se niente fosse. Ma non ce l'aveva un televisore?

Capitolo 2

1.

«E che ci faccio con questo?»

Zita guardò sospettosa il piccolo uovo di plastica che sua nipote le aveva messo in mano.

«È un caricabatteria portatile. Lo attacchi al cellulare quando si scarica. E mi puoi chiamare.»

Ci mancava solo quell'accidente di coso da scarrozzare a destra e sinistra.

«Su Mia, ora vai. Ché avrai di sicuro di meglio da fare» la incoraggiò.

Ma lei niente, continuava a star lì, pesante come quegli scarponi che non si sfilava nemmeno a morire. Guardò il maledetto trolley, farcito come un tacchino, osservò il pullman Gran Turismo, bello zeppo pure quello. Scrutò la folla che si accalcava concitata tutta intorno. Sospirò.

Lo sapevo che mi mandava ammollo con i vecchi. E voleva anche dirglielo, a sua nipote. Dirglielo chiaro. Ma lei era tutta presa da questo e da quell'altro: controllava il lucchetto che le aveva messo ad ogni valigia, le etichette plastificate con il nome, il timbro sulla carta d'identità, la scadenza del tesserino sanitario. Manco dovesse andare chissà dove. Che fosse in ansia lo intuiva dal suo solito modo di arrotolarsi i capelli intorno all'indice. Capelli, poi, per modo di dire. Da piccola li aveva così bellini, ricci ricci e adesso invece li portava tutti arruffati, a trucioli, come serpenti. È moda, le aveva detto la sua amica Caterina. Ma dico io, se lei le mode non le segue nemmeno, dice sempre che le fanno tutte schifo, allora perché si concia in quel modo?

Caterina non aveva più saputo cosa rispondere e la domanda era rimasta a galleggiare nel vuoto, tra quelle senza risposta.

Anzi, adesso voleva proprio chiederglielo di nuovo.

«Mia, senti a nonna, ma 'sti capelli perché...»

«Nonna, lascia perdere i miei capelli. Piuttosto, resta qui a sorvegliare i bagagli. Io vado a parlare con l'autista. Almeno vedo che tipo è. Con tutti gli incidenti che succedono non si sa mai.»

Zita sospirò di nuovo vedendola partire in pompa magna verso il povero diavolo che già si doveva accollare una banda di decrepiti in gita benessere. E parevano anche tutti entusiasti.

Lei esclusa, ovviamente. Guardò sua nipote mentre tormentava il conducente: si augurava solo non tirasse fuori quell'aggeggio che si colorava se bevevi un goccetto di troppo; se quel meschino si era preso un caffè corretto come minimo quella faceva scoppiare il finimondo. A lei, invece, non importava niente. Che le cose andassero come dovevano andare.

Con Tore, buonanima, aveva passato tutta la vita a programmare, facciamo così, facciamo colà: il mutuo per due camere e tinello, l'acquisto della roulotte con il tetto pieghevole come una fisarmonica per i viaggi fino a Rodi Garganico, la nascita di Lara.

Per un po' aveva funzionato. Poi era accaduto *il fatto di Lara*, il destino aveva mescolato tutte le carte e lei e Tore si erano accorti che tutto quel programmare non serviva proprio a niente. Anzi.

Mia la raggiunse con un sorriso tiepido.

«Puoi salire tranquilla, nonna. Mi sembra un tipo a posto. L'alito gli profumava di mentina. Ah, ricordati che ti ho messo un fiocchetto rosso per ogni valigia, così le riconosci.»

«Va bene, grazie.»

Abbozzò un sorriso stanco. Solo i fiocchetti ci mancavano. Voleva avere tutto sotto controllo 'sta ragazza benedetta, peggio di sua madre. Certo che poi le veniva la colite.

«Andrà tutto bene, vedrai.»

Si guardarono imbarazzate: l'ultima volta che se l'erano detto, sei mesi prima, non era andata così. Tore era morto, e con lui se n'era andato l'unico punto fermo della loro sgangherata famiglia.

La folla dai capelli di zucchero filato iniziò a diradarsi, chi salutava dal vetro, chi faceva amicizia, chi protestava per caricare una borsa in più a tutti i costi.

Testardi peggio dei bambini, pensò Zita, che così proprio non ci voleva diventare.

«Mi raccomando, nonna, tieni il cellulare acceso. E chiamami appena arrivi.»

«Sì, sì. Stai tranquilla.»

Si scambiarono un abbraccio e Zita finalmente salì. Il caffellatte le sciabordava nello stomaco insieme ai ripensamenti. Pensò al mazzo di fiori secchi che aveva portato a Tore quella mattina. "Se deve stare via qualche giorno prenda questi che non si guastano" le aveva consigliato la fioraia. E lei si era fidata. Sperava solo restassero belli fino al suo ritorno, altrimenti Tore ci rimaneva male: i fiori secchi non li sopportava da vivo, figuriamoci da morto.

2.

E sua nonna, naturalmente, era andata a sedersi nell'ultima fila in fondo. Le sarebbe venuta la nausea, sicuro.

Mia cercò di richiamare la sua attenzione. Fu interrotta dal telefono che magonava i tormenti di Tiziano Ferro. Sopra ci lampeggiava il nome di Andrea. Di sicuro quel tono se l'era assegnato da solo.

«Mi spieghi come si toglie questa disgrazia di suoneria che parte ogni volta che mi chiami tu?»

«Buongiorno anche a te, Mia.»

«Eh sì, buongiorno. E intanto mi metti a tradimento questo a cantare dentro il mio telefono.»

«Qualcuno dovrà pur educarti alla poesia. *Ti scatterò una foto* è poesia assoluta.»

«Non è un buon momento per l'educazione poetica. Mia nonna sta partendo.»

«E io sono nel pieno di una selezione, accerchiato dai candidati. Mi sono chiuso in bagno apposta per chiamarti.» Il rumore dello sciacquone lo confermò.

«Che pensiero delicato, sono commossa. Però smettila con quell'affare in sottofondo. È piuttosto disgustoso.»

«Se non schiaccio, da fuori sentono tutto quel che dico. Si appostano, sono diabolici. Pur di sapere se li prendi o no sono disposti a tutto.»

«Anche a inseguirti nel cesso?»

«Come minimo.»

«Meno male che poi chi fa un lavoro di merda tra i due sono io, eh...»

«Preferisco non approfondire. A che ora stacchi dall'ipermercato stasera?»

«Oggi ho preso ferie. Volevo salutare mia nonna con calma.»

«Ma non sta via solo qualche giorno?»

«Quasi cinque.»

«Vabbè. Più tardi ci facciamo un aperitivo tra colleghi qui vicino, a San Salvario. Vieni? Così te li presento.»

«Non sarà un altro dei tuoi tentativi per accoppiarmi, vero?»

«Ma figurati. Ho smesso con le missioni impossibili. Allora vieni?»

«Okay» acconsentì distrattamente, le orecchie tese a intercettare l'avvio del motore.

«Ci vediamo alle sette allo Zelli, in corso Vittorio, all'angolo con via Sant'Anselmo. Non ti perdere, eh?»

«No, no» buttò a caso, ma intanto si era persa la partenza. Sventolò la mano a vuoto, Zita era girata dal lato opposto. Il pullman blu scomparve oltre la curva. Lei restò impalata sul marciapiede a tormentarsi una pellicina con i denti. Sperava solo di aver fatto la cosa giusta.

3.

La possibilità di un'insperata pausa pranzo sorprese Lara intorno alle tredici. La formazione faceva miracoli, chiaro. Guardò il suo team di ragazze: incredibilmente non stavano perdendo tempo nei salottini prova o facendo finta di cercare la taglia di un coordinato. Lavoravano. Aggraziate api meticolose, visi allegri e consapevoli del compito affidato.

Il percorso di motivazione *Gisèle, uno stile di vita*, che aveva ideato, funzionava perfettamente e quei quarantacinque minuti di break ne erano la prova. Si sentiva immensamente ricca: poteva raggiungere il bistrò per un centrifugato *anti-age*, l'estetista accanto per un ritocco alla ceretta. La cura dei dettagli era importante e la ricrescita era sempre e comunque *il Male*.

Una volta aveva visto degli antiestetici peli bucare il collant di una commessa. La collaborazione si era immediatamente interrotta: Gisèle vendeva fascino, seduzione. La sciatteria era a tolleranza zero: un'unghia sbeccata, una calza smagliata, il mascara colato e subito scattava la lettera di richiamo. Uno dei suoi smartphone lampeggiò. Niente di importante, un messaggio di Mia, telegrafica come sempre, che la informava della partenza di Zita. Ah già, le terme. Si era ripromessa di chiamare sua madre, ma quella mattina inauguravano il primo modulo formativo in negozio e lei doveva monitorare tutto con attenzione. Quel progetto era stato approvato perché la dirigenza credeva fortemente nel suo intuito e nelle sue capacità. Era un *talento*. Quanto le piaceva quel sostantivo. Ci si pavoneggiava dentro ogni volta che glielo attribuivano, senza arrossire mai. Sapeva di meritarlo, se l'era preso a tutti i costi. La sua vita nuova ruotava intorno alle ambizioni. Correva, non solo sul tapis roulant, per essere sempre un passo avanti, sempre la migliore. Forma fisica e carriera professionale erano due binari paralleli.

Fissò il messaggio ancora privo di risposta. Certo non è che ne implicasse una, anzi. Si passò le dita tra i capelli corti. "Lara, questo taglio *Audrey* ti sta un amore" le aveva detto il suo hairstylist e lei aveva annuito. I capelli di sua figlia invece... Pensò a cosa scriverle, ma le venne in mente solo il logo orripilante dell'ipermercato in cui si era rinchiusa. E il suo diploma d'informatica nel cassetto. Altro che sogni, progetti. Nulla di tutto ciò era parte di Mia. Aveva anche provato a parlarle. Missione fallita, come sempre quando c'era di mezzo lei. Inutile perdere altro tempo.

Va bene. Ci sentiamo dopo, si limitò a scrivere. Cancellò l'ultimo avverbio prima di inviare.

Qualche istante dopo un cuoricino fucsia palpitò la notifica di un'applicazione che conosceva bene: Spaccacuore69 era nel suo raggio d'azione. Desiderava incontrarlo?

Capitolo 3

1.

Nonostante il resto della giornata libero, Mia era rimasta ingarbugliata nel quartiere in cui era cresciuta, rapita dalle sue nuove forme di espressione che, a pensarci bene, non erano troppo diverse da quelle vecchie: un TESTA DI CAZZO spray, di un bell'azzurro puffo, aveva sostituito sul muro il SUCA rosso fuoco di qualche mese prima; accanto all'entrata della scuola media una catena molle penzolava dal manubrio di una bicicletta senza ruote; vicino al negozio di alimentari due fioriere esibivano solo terra, cicche e bottiglie di birra vuote.

Avanzava in quei ricordi familiari, tra quelle scritte che imbrattavano i muri e che ora non la riguardavano più, quelle che suo nonno cancellava all'alba o nel cuore della notte, per proteggerla. Ora che lui non c'era più chi lo avrebbe fatto?

Scostò con la punta degli anfibi una lattina di birra che rotolò ai confini del marciapiede e finì schiacciata dagli pneumatici di un SUV. Se solo avesse potuto fare lo stesso con le sue insicurezze, con quell'angoscia che dopo il lutto era diventata parte di lei, di quei suoi ventidue anni anomali, vissuti abbarbicata ai nonni, al suo migliore amico, a un lavoro da schifo; un giorno uguale all'altro, dimora fissa nell'immobilità. Non si fidava né delle persone, né dei cambiamenti. Entrambi non portavano niente di buono.

La zona in cui era finita adesso lo dimostrava: *area nuova* la chiamavano, anche se nuova non lo era per niente. Quando era piccola quei casermoni popolari, torri a strisce gialle, rosse o blu, il colore che variava a seconda delle sfumature di sfiga, c'erano già. Se li ricordava bene, uno addosso all'altro come a proteggere la gentaglia che ci abitava. Sua nonna, quando passavano di là, si teneva la borsa più stretta sotto l'ascella e stringeva più forte anche la sua mano, che tirava dicendo *allunghiamo il passo*. Però sottovoce, perché se sentiva qualcuno era pure peggio.

La cosa positiva era che quella brutta zona faceva da calmiere agli affitti delle abitazioni germogliate intorno. In una di quelle ci abitava lei. Un *bilocale*, almeno così l'aveva definito il cravattone dell'agenzia, forse perché *camera e tinello, da ristrutturare*, faceva subito povero. Perlomeno, lì cazzi disegnati sul muro non c'erano.

Girò la chiave tre volte a sinistra, prima serratura, poi tre volte a destra, seconda serratura.

Toglietemi tutto ma non la mia porta blindata, si era detta. E nell'appartamento non c'era molto altro. Entrò, richiuse a chiave, stessa manovra in senso opposto. Sfilò gli anfibi e si tuffò nel divano, piccolo e scomodo, i pensieri attorcigliati, i capelli anche; era sfinita come dopo un turno in cassa centrale, di quelli in cui i conti non tornano mai.

Le chiamate di Andrea, invece, erano una certezza. Come le magliette con stampati i faccioni dei supereroi che indossava da piccolo, quando giocavano in cortile. Quelle ora erano sparite, lui per fortuna era rimasto. L'unico amico di cui si fidasse. Il suo ultimo ponte tra presente e passato.

«Scusa, ma dove sei?»

«A casa mia. Sono arrivata ora.»

«E di preciso si può sapere che ci stai facendo, visto che sei già in ritardo di mezz'ora?»

«Oh, cazzo. L'aperitivo! Mi sono dimenticata!»

«Ecco. Visto che mi sono già spazzolato mezzo buffet, vedi di darti una mossa» la rimproverò. «Tra poco arrivano gli altri.»

Buffet più colleghi uguale socializzazione da cibo, decodificò Mia. E, siccome conosceva bene i suoi polli, di sicuro Andrea agli stuzzichini le avrebbe affiancato anche qualche amico casualmente single. Percepì il primo crampo in diretta addominale, un avvertimento, un segnale di pericolo. Il suo *codice morso*.

«Andri, scusami ma non sono dell'umore giusto» tentò di svincolarsi.

«Dài Mia, non rompere. Ce l'hai sintonizzato sulla frequenza sbagliata l'umore, tu. La scorsa settimana avevi la colite. Quella prima mal di testa. Tua nonna fa più vita sociale di te. Oggi che hai?»

«Ecco. Appunto, proprio lei. Sono scombussolata dalla sua partenza. Lo sai, mi è rimasta solo lei adesso, e...»

«Sì, lo so. Comprendo tutto, Mia. E mi spiace per tuo nonno. So quanto eravate legati. Però sono passati sei mesi. Hai fatto tanto per far reagire lei e ora ti ammosci tu? E poi scusa, non le hai organizzato tutto?»

«Sì, ma non so se ho fatto bene.»

«Ah, ecco, appunto. Benvenuti a una nuova puntata dei *Ripensamenti di Mia*.»

«Ma se al posto di mangiare quelle porcherie dell'apericena venissi a cena da me?»

«Non mi pare una buona idea. Vivi in un supermercato in pratica, ma, non si capisce come, a casa tua non c'è mai niente da mangiare.»

«Ma smettila. Se ho il frigo ancora pie...» ficcò la testa fra gli scomparti vuoti e puliti alla perfezione.

«Due zucchine ci sono e dovrei avere ancora mezzo pacco di pasta integrale.»

«Avanzi di pasta e zucchine in periferia. Che botta di vita!»

«Per il tuo colesterolo sì.»

«Ho ventisette anni. Il mio colesterolo può permettersi di crescere in libertà. E se proprio sballa mi bevo un Danacol.»

«Mi spiace dirtelo, ma quella roba è solo marketing. Diciamo che da quando lavori come HR ti sei montato gusti e testa. Eri un tipo semplice prima. La mia pasta ti è sempre piaciuta.»

«In realtà no, è che non avevo alternative. E se proprio vogliamo parlare di marketing tu, ragazza mia, con la scusa di tua nonna, frequenti gente fuori dal tuo target. In pratica solo appartenenti al gruppo della terza età.»

La sua voce si mescolò ad altre, un cocktail scanzonato e allegro.

«Qui sono arrivati tutti. Tranne te, ovviamente. Peccato, ti perdi una bella serata.»

«Me ne farò una ragione.»

«Ti chiamo domani, okay?»

«A domani, cacciatore di teste e di movida. Ciao.»

Terminata la conversazione si ricordò che sua nonna non l'aveva ancora chiamata. Compose il numero preoccupata. Niente, il cliente non era raggiungibile. La pancia le inviò l'ennesimo codice morso.

2.

Il tempo sfuggiva, ma lei teneva il passo alla perfezione, constatò con orgoglio Lara percorrendo il chilometro conclusivo del suo allenamento. Era già notte inoltrata, ma aveva ancora diverse cose da ultimare; si sarebbe fatta l'alba anche stavolta. Pazienza. Se le ore correvano lei avrebbe fatto altrettanto, rassodandosi anche i glutei. Pigiò decisa l'icona della montagna sul monitor del tapis.

Del resto, quando entri negli *anta*, madre natura diventa più perfida e tende a riprendersi il kit di bella presenza che, se ti era andata bene, ti eri ritrovata in culla. Funziona così, come se quel dono avesse impressa una data di scadenza e, se non ci pensi da sola, una manciata d'anni e ti raggrinzisci come una carota scordata nel cassetto delle verdure.

Rabbrividiva solo al pensiero. A lei non sarebbe successo. Mai. Avrebbe corso notti intere se necessario e lo avrebbe fatto con classe, esattamente come ora, che si disidratava su quel nastro infernale, ma con addosso il completo da *runner* in tinta con le scarpe. La classe non è acqua, mai, nemmeno quando corri da sola.

Quella fatica, ogni tanto, le regalava grandi soddisfazioni.

Come era successo quel giorno con Spaccacuore69. Le spuntò un sorrisetto malizioso. Una pausa a sorpresa, davvero niente male.

Quando era rientrata da Gisèle sforando i preventivati quarantacinque minuti, ma ne era valsa la pena, aveva sentito la Cecchini tenere banco con le sue previsioni astrologiche e annunciare un periodo sfavillante per i Gemelli, con Urano che avrebbe risvegliato desideri sessuali e voglia di leggerezza. Stai a vedere che, per una volta, quella perditempo ci aveva preso.

Il timer segnalò la fine dell'allenamento. Si spogliò, lasciò cadere tutto alla rinfusa sul parquet naturale, ancora fiera della sua scelta. Quel rovere sbiancato amplificava luci e spazi del loft, l'architetto (ah, quell'architetto!) le aveva dato ottimi consigli. Così c'era parquet ovunque, bagni inclusi.

Raggiunse nuda la sala da bagno, aprì i rubinetti al massimo, accese un paio di candele profumate e svuotò nella vasca l'olio di assenzio; la stessa libertà di un'adolescente, diversi anni in più e meno pare mentali. Almeno così sembrava a chi la vedeva da fuori.

Socchiuse le palpebre ancora da struccare, scivolò tra la schiuma soffice, cullata dalle bollicine. Fu subito interrotta dal trillo del cellulare sul bordo della Jacuzzi. Lesse il mittente, si stranì, i capelli che gocciolavano, le dita umide che accettavano la chiamata.

«Mia, che succede?» Si allarmò: sua figlia non la chiamava mai, figuriamoci così tardi.

«Nonna non risponde al telefono. Sono preoccupata.»

«Sono le tre di notte! Starà dormendo! Anzi, mi stupisco che non lo stia facendo anche tu.»

«Non riesco. Non l'ho più sentita dalla partenza.»

«Ma se è partita oggi a mezzogiorno...»

«Sì, ma non mi ha richiamata. Non so nemmeno se è arrivata o no. Anzi, adesso chiamo l'albergo.»

«Ma no, lascia perdere. Se la contattano dalla reception le fai prendere un infarto.»

L'insonnia causava brutti scherzi a sua figlia. Guarda che razza di idee le venivano. E le aveva anche rovinato la sua pausa relax. Impostò il massaggio rivitalizzante, specifico per gambe e polpacci, e le bollicine ripresero a frizzare.

«Ma ti stai facendo il bagno?»

«Perché, è proibito?»

Lara si passò il palmo umido sulle cosce per verificare la levigatezza.

«Non sarà un mio idromassaggio a mandare in tilt il pianeta.»

«No, certo. E nemmeno quel tuo parquet per cui hai disboscato una foresta.»

«E tu cosa ne sai? Non sei mai stata qui.»

«No, ma le brutte notizie corrono veloci.»

«Come la lingua di tua nonna. Meno male che è andata in vacanza.»

«Si chiama *soggiorno termale curativo*. Se avessi letto i messaggi lo sapresti. Ma cosa te ne frega. Sono quelli come te che mandano a rotoli il mondo.»

«Finiscila. Prendi tutto troppo sul personale. Impara a vivere con leggerezza, come dovresti fare a ventidue anni.»

«Intendi come fai tu? Che te ne sei tornata a Milano, a fare i cavoli tuoi la sera stessa in cui abbiamo seppellito il nonno?»

«Vorrei ricordarti che *tuo* nonno era anche *mio* padre.» Sospirò. Le ginocchia erano meno idratate del solito. Aggiunse qualche goccia di olio di mandorle all'acqua, pensando che avrebbe fatto bene anche al carattere di sua figlia.

«E comunque la sofferenza non si misura a tempo.»

«Tu non la misuri proprio. Mi pare ti sia ripresa benissimo.»

«A me pare che tu, invece, sia la contraddizione fatta persona. E giudichi troppo dalle apparenze.»

Un segnale acustico annunciò la fine del massaggio. Lara uscì dalla Jacuzzi, meno rilassata di come era entrata, lasciando impronte umide sul tappeto candido. Ci avrebbe pensato la domestica, l'indomani. Che la pagava a fare, se no?

«Adesso fatti un bagno rilassante anche tu e cerca di dormire. Domani si vedrà.»

«Io faccio solo la doccia. Come puoi pensare che possa addormentarmi così beata, senza sapere che fine ha fatto mia nonna?»

«La nonna starà benissimo» puntualizzò osservando le creme schierate sulla mensola. «Ti stai preoccupando per niente.»

«Sai, penso che nella vita ho avuto una grande fortuna» disse sua figlia nello stesso istante in cui lei sceglieva l'hamamelis. «Non ti somiglio per niente.» Fine della telefonata.

Lara svitò il tappo e iniziò il massaggio con movimenti circolari sempre dal basso verso l'alto. La crema le scivolò addosso, densa come il silenzio.

Capitolo 4

1.

Zita era già sveglia dalle cinque e mezza e stava ingannando l'attesa frugando qua e là, alla ricerca di campioni omaggio. Per ora aveva trovato solo una maschera idratante al kiwi che prometteva miracoli e delle ciabattine di carta. E di quelle che se ne faceva? Si strappavano già con lo sguardo. Aprì il trolley per ficcare dentro la maschera e vide spuntare l'uovo di plastica che le aveva dato sua nipote.

«Ah, ecco dov'eri finito.» Se lo rigirò tra le mani. «Vediamo se ho capito come funzioni, tu. Speriamo solo non salti tutto per aria.» Collegò il cavetto e il display si rianimò: una sequenza ininterrotta di trilli e vibrazioni che già le veniva voglia di staccare tutto.

Anche se aveva già un'idea di chi potesse aver scatenato tutto quel caos.

Il nome di Lara lampeggiò sulle note della *Mazurka di periferia*. Se sua figlia se ne fosse accorta sicuro avrebbe trovato da ridire.

«Ah Lara, sei tu» rispose all'istante, il timore insensato che l'altra potesse sentire davvero.

«Mamma, finalmente! Ma che fine hai fatto?»

«Eh, sto in un posto qui, alle terme.»

«Perché non hai avvisato Mia del tuo arrivo? Era talmente in ansia che ha chiamato persino me! C'è mancato poco che ti svegliasse nel cuore della notte.»

«E Madonna che esagerazione! Si è scaricato il cellulare e non trovavo il coso per riattaccarlo. Mia però lo sa dove sono: mi ha mandata lei!»

«Lo so. Chiamala subito, così si tranquillizza. Altrimenti è capace di raggiungerti in albergo.»

Ci mancava solo quello, pensò Zita. Già non l'aveva mollata un attimo prima e durante la partenza. Le voleva bene, ma...

«Tengo una nipote che vive di aria e ansia» commentò osservando un mini set da cucito, che prima le era sfuggito.

«L'hai cresciuta tu.»

«Eh, ma da chi ha preso non si capisce. Da me no sicuro.»

«Lasciamo stare, è meglio. Io devo lavorare. Rassicurala e dopo goditi i tuoi trattamenti.»

«Sì, sì. Adesso lo faccio» promise, mentre qualcuno bussava alla sua porta.

Abbandonò il cellulare sul letto, si sistemò i capelli e aprì la porta sorridendo.

2.

L'ansia di Mia iniziò la parabola discendente quando Lara, bontà sua, le comunicò che Zita era viva, vegeta e l'avrebbe chiamata presto. Quando non si sapeva, visto che era già mezzogiorno e tutto taceva.

Al contrario dei clienti che, quella mattina, sembravano avere tutti un solo chiaro obiettivo: romperle le palle. La responsabile fece un cenno nella sua direzione: i quindici minuti d'aria erano arrivati.

Uscì dal recinto del box informazioni, che non capiva perché si chiamasse così, visto che la gente ci andava solo per lamentarsi e basta.

Lei, invece, avrebbe voluto avercela qualche informazione su sua nonna, ma ancora niente: nessun messaggio, nessuna chiamata.

Percorse il lungo corridoio tappezzato di cartelli con le offerte speciali per i dipendenti, i viaggi premio, gli avvisi della settimana. In fondo, tutti schiacciati sulla parete c'erano loro, i titani d'acciaio dispensa-schifezze. I colleghi ne andavano pazzi. Si accalcavano tutti lì intorno, quasi in crisi d'astinenza, a digitare codici per divorare in fretta le porcherie sputate dal distributore.

Mia quell'entusiasmo non lo capiva, come non capiva molte altre cose dei suoi coetanei, la maggior parte di passaggio solo per pagare l'università o esibire qualche marchio sul culo. Lei, quel posto l'aveva trovato quando i cartelloni di ricerca personale avevano invaso il quartiere, già sventrato da altri centri commerciali. Li detestava, ma a fare il colloquio si era presentata lo stesso, quasi per sfida. Sfida che avevano vinto loro: i soldi le servivano e per quello aveva firmato il primo contratto di prova, poi un altro per sei mesi e infine l'ultimo: quello con cui, se non faceva cazzate, in quel recinto sotto le luci artificiali ci poteva rimanere in eterno. A contare bollini, a impilare schede punti, a distribuire borsoni da viaggio, ceppi di coltelli o pupazzi gommosi stacca-attacca. I clienti erano disposti a tutto pur di ottenerli: li vedeva lei, tutti intorpiditi, aggiungere a cazzo robe nel carrello, pagare le mentine come le polpette di vitello pur di fare cifra tonda alla cassa e prendersi il mollusco con la ventosa in omaggio. Che strana razza, la gente.

E poi dicevano che quella strana era lei. O almeno così la pensavano i suoi colleghi. Non solo loro, in realtà.

"Ma che ha quella? Le è morto il gatto?"

"Ma va', che un gatto nemmeno ce l'ha. È così, proprio di natura".

"Peccato, perché sarebbe anche carina".

"Ma chi? Quella? Che viaggia con l'igienizzante e poi ha i capelli arrotolati in testa? Una contraddizione vivente. Ma lasciala perdere, non lo sa nemmeno lei quello che vuole. Andiamo a farci un caffè".

Non le importava niente. Dove stava scritto che, solo perché eri giovane, dovevi per forza sprizzare gioia da tutti i pori?

Uscire, bere, fare casino, ballare. La versione moderna della conta dei bambini: dire, fare, baciare, lettera, testamento. Tanto poi la vita era lì, all'ultimo step, che ti portava. Inutile agitarsi. Non ne aveva voglia. E con quello che aveva già passato si sentiva addosso gli anni di sua nonna, uno per uno: del resto l'aveva cresciuta, insieme a Tore, cercando di colmare i vuoti di sua madre, che c'era ma era come se non ci fosse, e di quel padre che non c'era e basta. Ed era meglio non nominarlo affatto, nemmeno fosse Dio, altrimenti calava subito quel silenzio così diverso da tutti gli altri. Un'assenza di parole e azioni che rendeva tutti immobili, smarriti. Era devastante perché quando accadeva non sapevi mai quanto sarebbe durato. Zita lo tollerava meno di tutti e aveva imparato a combatterlo: si alzava e iniziava a fare rumore con qualcosa, grattava il fondo di una pentola, pescava tegami, asciugava posate già asciutte. Faceva rumore per spezzare il silenzio e cacciarlo via. I suoi nonni, a modo loro, l'avevano amata.

Ed eccola Zita che finalmente la chiamava. Aveva un tono concitato, frettoloso. Parlava solo lei. Stava bene, il posto le piaceva, ma il telefono non prendeva tanto. Doveva stare tranquilla e non preoccuparsi se non si sentivano ogni cinque minuti. Tanto sapeva badare a se stessa.

Le aveva detto proprio così. Mia riprese il turno stranita. L'ansia, adesso, si era trasformata in malumore.

3.

Alle tredici e cinquantanove Lara rientrò da Gisèle. Questa volta spaccava il minuto. Ammirò compiaciuta il suo riflesso nella vetrina: non aveva un capello fuori posto, se li era tagliati alla maschietta appositamente. Anche Spaccacuore69 aveva apprezzato.

Archiviò il piacevole ricordo e cominciò il giro di ricognizione per verificare che durante la sua assenza le ragazze non si fossero concesse troppe libertà: una volta aveva sorpreso una commessa a sgranocchiare cracker nascosta in un camerino. L'aveva aspramente rimproverata per quella sciatteria, inammissibile per il prestigio del brand. Essere parte di quel mondo poteva essere un trampolino di lancio, un biglietto della lotteria: da Gisèle facevano acquisti *fashion bloggers*, modelle, calciatori, tronisti. La gente della Milano che contava. Poteva notarti qualche talent scout intento a fare shopping per l'amichetta di turno e magari farti prendere il suo posto nel letto e nel salotto televisivo.

Quel lato di Gisèle Lara lo conosceva a memoria, ma ciò che succedeva fuori dai punti vendita non le importava. E, anzi, se incrementava le vendite, tanto meglio.

Maela Morassi le passò accanto in quell'istante. Notò la camicia color pesca troppo tesa sul décolleté e un alone umidiccio all'altezza del seno, che lei tentava di coprire con le mani. Lara arricciò il naso con disprezzo: i suoi gemelli avevano già otto mesi e lei allattava ancora. E poi i capelli, di un punto di biondo che le aveva invidiato da matti. Guardali adesso, arruffati in uno chignon floscio, puntato a caso. Non aveva più nulla di elegante. Sembrava sfatta come se avesse trascorso una pausa pranzo tra le lenzuola. Come lei, pensò, nascondendo un sorriso malizioso.

Il cellulare vibrò nella tasca: Spaccacuore le aveva mandato un messaggio e stava scrivendo ancora. Ma il tempo che gli aveva concesso era già scaduto. Impostò la modalità aereo senza leggere nulla.

Salì la scala interna che portava agli uffici della direzione accompagnata dall'eco dei suoi tacchi.

4.

Mia girò la chiave nel portone, avvolta da un tiepido ottimismo:

punto uno, perché quello schifo di giornata era finita e quindi poteva solo andare meglio; punto due, la dieffenbachia che aveva messo nell'androne c'era ancora, con tanto di sottovaso e foglie intatte.

Un mezzo miracolo in quel condominio dove tutto si smaterializzava alla velocità della luce.

L'aveva piazzata lì per vedere se si portavano via anche quella: in sei mesi striminziti di domicilio le avevano già fregato tre ombrelli, due zerbini e anche una borsa della spesa, scordata nell'ascensore una delle poche volte in cui funzionava. Osservò contrariata il cartello GUASTO appeso anche quel giorno. Imboccò le scale sbuffando. Possibile che fosse sempre rotto? Aveva voglia di strapparlo a pezzetti quell'avviso, aprire la porta e salire lo stesso. Poi s'immaginò intrappolata in quel cubicolo per ore e ore, con l'ossigeno che diminuiva e lasciò perdere ogni tentativo eroico.

Raggiunse il quarto piano, girò la chiave tre volte a sinistra, tre a destra, scivolò dentro insieme al suo sacchetto, quello del negozio di casalinghi che stava per chiudere, quello che sperava ancora di salvare con i suoi miseri venti euro mensili che spendeva cocciuta perché lei, tra gli scaffali di quel negozio, che un tempo aveva venduto bombole e poi tutto quello che capitava, c'era cresciuta.

Ogni volta che Zita voleva fare *un pensierino* le diceva: "Andiamo dalla signora delle bombole, lì qualcosa troviamo di sicuro". E così era: dagli amorini di Capodimonte ai putti da quattro soldi, tovaglie ricamate a mano *come una volta* o idrorepellenti in pura plastica, servizi di posate in acciaio inox che duravano più dei matrimoni di quelli a cui li regalavi, forchettoni con manici di plastica che si sarebbero fusi insieme al burro della prima bistecca. Qualunque cosa ti venisse in mente eri sicuro di trovarla. Come la proprietaria, sempre la stessa, capelli neri e corti, rossetto rosso, grembiule blu da bidella, abbottonato fino al collo lungo, che forse era diventato così per adattamento, per arrivare fino in cima agli scaffali a prendere questo e quello, come una giraffa, almeno questo pensava Mia da bambina.

In ogni caso lei a quel negozio si era affezionata: lì aveva iniziato a comprare le sue cornici. Ne aveva tantissime e se le teneva tutte dentro una scatola che poi era diventato uno scatolone, quelli delle banane del mercato.

Zita non capiva quella sua mania. "Ma non vuoi un giocattolo? Che te ne fai di queste cornici che non le appendi nemmeno?" le chiedeva.

"Mi piacciono le foto che ci sono dentro" replicava, mentre le piccole dita scartavano il cellophane e le smontavano per guardare meglio chi abitava dietro quella finestra di plexiglas: un pagliaccio con i riccioli e il naso blu, una ragazzina con le trecce in un campo di papaveri, una coppia bionda che faceva capriole nell'erba.

"Fattene scattare qualcuna dal nonno, così ci metti le tue, no?"

"No" rispondeva secca. Era fuori questione. Detestava fare sorrisi a comando, stare in posa e tutte quelle robe.

"Ma tu la capisci questa bambina, Dora?" chiedeva sua nonna, mentre la signora delle bombole incartava con cura le cornici.

"Zita, cosa ci vuoi fare. Sono bambini, se è contenta così, lascia che sia". E poi dava lo scontrino a sua nonna e una caramella quadrata con sopra la faccia di una mucca a lei: era cresciuta accumulando un tesoretto di cornici e caramelle Mou. Quando era andata a vivere da sola lo scatolone di banane se l'era portato via per primo.

"Non vuoi qualche foto per la tua casa nuova?" era tornata alla carica Zita.

"No, non mi servono" aveva chiuso la questione.

Le foto, quelle degli album di Zita soprattutto, le scatenavano crisi di identità: naufragava tra una Mia bambina, sbiadita troppo in fretta, e una larva di giovane donna che la metteva a disagio. Chissà se portava le tracce di quel padre biologico. Quello su cui sua madre era inciampata per caso, una notte qualunque di un giorno qualunque, forse. La verità non gliel'aveva mai raccontata nessuno, ci voleva troppo coraggio, troppa crudeltà per dirle: sei figlia del caso e di un uomo qualsiasi. Ma qualcuno quel coraggio ce l'aveva, e allora la verità gliela sbatteva in faccia a colpi di vernice, sul muro sotto casa.

Uscì sul balcone per respirare.

Dalle buste estrasse le nuove cornici: "Sono le ultime. Sabato chiudiamo. Definitivamente". Così le aveva detto Dora, che adesso i capelli ce li aveva grigi. Mia aveva sentito una martellata dentro al cuore. L'aveva trafitta la consapevolezza che una parte del suo mondo, una parte bella, finiva lì, insieme a quelle cornici, a quella saracinesca che si abbassava. Per sempre.

Fissò la parete bianca, fece un punto con la matita sfilandola dai *dreads*, poggiò il chiodino e lo colpì decisa, ma quello si ripiegò su se stesso. Provò con un secondo, che scivolò sul pavimento mentre il martello bucava il muro. Guardò i chiodi a terra, il foro sulla parete, le cornici intatte nella borsa.

Mollò tutto e chiamò Andrea.

«Ciao, dove sei?»

«Ancora in ufficio. Delirio. Selezionerò curriculum tutta la notte.»

«Vieni a cena da me, così ti ricarichi.»

«Dipende. Che propone la chef?»

«Asparagi e ricotta. E un buco da riparare.»

«Mi sa che è meglio il cinese d'asporto sulla scrivania.»

«Guarda che sono di stagione. Preferisci continuare per la strada dell'intossicazione?»

«Qualcuno deve pur farlo.»

«... Magari ti do una mano con quei CV.»

«Affare fatto.»

Lo sentì rianimarsi dall'altra parte. Le sue competenze informatiche colpivano ancora. Almeno ogni tanto.

«Però mi porto due arancini Santa Rita» aggiunse in extremis.

«Non se ne parla. Quelli, con la scusa della santa, ti vendono cadaveri di pollo e chissà che altro.»

«Va bene. Facciamoci 'sta serata detox, che ti devo dire. Dieci minuti e arrivo.»

«Andrea, aspetta. Hai del silicone?»

«No, ma me lo procuro subito. Ti rifai le tette, finalmente?»

«Ma ti pare?»

«Non si sa mai. Qualcosa da bere posso portarlo, almeno?»

«No, ho il succo d'arancia biologico.»

«Capito. Facciamo che arrivo tra quindici minuti. Prima mi faccio una birretta.»

«Facciamo che arrivi tra dieci e ne porti due» concluse la trattativa. In serate come quella, le spremute erano *acqua lavata*, come diceva Zita. La sua pancia se ne sarebbe fatta una ragione.

Dieci minuti dopo suonarono alla porta. Manovrò le due serrature e si ritrovò faccia a faccia con la sua dirimpettaia e il suo chihuahua.

«Mi scusi se disturbo. Questa mattina, mentre prendevo le polpettine per Fufi ho visto il corriere che la cercava.»

Mia notò una somiglianza inquietante tra il muso della padrona e quello del micragnoso cagnetto che copulava visibilmente con i suoi anfibi.

«Il cane...» indicò Mia. «Me lo tolga dai piedi.»

Sollevò la punta per frullarlo un po', ma quello niente, ci rimaneva zavorrato sopra.

«Oh, mi scusi, sa, Fufi è tanto affettuoso. Dài amorino, fai il bravo.» Il microcane continuò a fare quello che stava facendo.

«... E quindi, le dicevo, l'ho visto che stava per andare via e allora l'ho fermato e gli ho detto che il pacco poteva lasciarlo a me perché ero proprio la sua vicina e così glielo avrei fatto avere.»

«Grazie, ma la prossima volta non si disturbi. Mi arrangio da sola» cercò di inviarle un messaggio forte e chiaro, prendendo il pacco senza troppi complimenti.

«Ma no, ma che disturbo e disturbo» temporeggiava e allungava il collo per spiare dentro casa sua. «Sono i gesti normali di buon vicinato.»

«Mi creda, lasci perdere. È meglio... per lei» e avrebbe voluto aggiungere anche altro, ma in quel momento l'ascensore, miracolosamente risanato, sputò fuori Andrea e l'altra batté in ritirata per continuare a farsi i fatti suoi dallo spioncino di fronte.

«Sei arrivato appena in tempo. Stavo per commettere un omicidio.»

«La tua vicina?»

Mia gettò il pacco sul divano. «Lei e il suo cane arrapato.»

«I vicini conviene tenerseli buoni. Possono sempre tornare utili prima o poi. Se poi ti fanno anche i regali.»

«Ma va'. Quella, l'unica cosa che vuole è farsi i cazzi miei. Il pacco è di mia madre.»

«Come lo sai? Non lo hai neanche aperto.»

«Non c'è bisogno. Basta vedere quella orripilante G che svolazza sulla carta. Dentro ci saranno reggiseni e mutande griffati Gisèle. Ogni volta che discutiamo mia madre me ne spedisce uno. Prendilo tu. Riciclalo a qualche amichetta che apprezzi il genere.»

Andrea la guardò perplesso. «Mah, veramente non so...»

«È roba di gran classe, che ti credi?»

«Sì, sì. Non lo metto in dubbio. È solo che...»

«Solo che cosa? Tu cerchi sempre di piazzarmi e intanto... Quando hai avuto la tua ultima storia?»

«Che ne so, non è che lo scrivo sul calendario.» Andrea si rigirò il pacco argento tra le mani, lo sguardo più perplesso di prima.

«Ecco, forse dovresti. Visto che non lo sai, fai penitenza. La prossima tipa te la scegli tipo me.»

«Eh?» la guardò senza capire.

«Piatta e secca» indicò la sua felpa oversize che scendeva giù senza arrotondarsi da nessuna parte. «Che vuoi farci. Mia madre di me non sa un tubo. A parte la misura delle tette. Quella l'azzecca sempre.»

Capitolo 5

1.

Una goccia umida rimbalzò nella crema di carciofi, zero calorie e zero sapore, creando una piccola onda. «Ma che diavolo...» Lara alzò gli occhi verso il soffitto, stranita, a inquadrare le travi a vista. Tutto perfetto, tutto a posto. Si tastò il viso, lo scoprì umido e strappò con rabbia un foglio dallo scottex sul tavolo. Lacrime stupide. Inutili, come quella domenica che aveva lo stesso gusto della zuppa surgelata. Non sapeva di niente e non era utile a niente se non a sprecare un'enorme quantità di tempo. Non tanto per lei, che lavorava lo stesso, quanto per il resto del suo team, che approfittando del giorno festivo si rendeva irreperibile.

Le aveva sentite, più volte, bisbigliare accanto ai camerini che *loro* non erano come *lei*, che non aveva altra vita al di fuori di Gisèle, ridacchiavano, storpiando il comandamento. Stakanovista, specificavano alcune, *workaholic*, ribattevano le più moderne.

Lei faceva finta di niente, ma intanto allungava la *black list*.

Invidia, solo invidia. E poi non era vero che una vita lei non ce l'aveva. Anzi. Gli occhi, truccati con cura come sempre, scivolarono sul cellulare accanto al pc: silenzioso il primo, incessante il secondo, con la sua raffica di mail in arrivo.

Guardò il cuore opaco di MeetMe. Le venne voglia di fare l'amore. Spaccacuore, ovviamente, era offline. Come era giusto che fosse in quel giorno. Il sesso tra loro era una questione feriale. Lo dichiarava il cerchio d'oro che indossava all'anulare. Aveva mani bellissime Spaccacuore, con dita eleganti e sfrontate. Così simili a quelle che l'avevano accarezzata un tempo e poi non più. Il passato tornò a galleggiare nella crema di carciofi, gelido come allora.

Un moto d'ira scalciò nell'addome piatto. Il desiderio divenne rabbia, voglia di spaccare qualcosa. Sfiorò il bordo del piatto, le dita fredde come le verdure, come la chiesa quel giorno. Tutta quella gente, la maledetta sciarpa rossa che le pungeva il viso; lo schiaffo di suo padre e quello che la vita le aveva sferrato a vent'anni, molto più doloroso. Quello no, non era riuscita a coprirlo in nessun modo. Ma lo aveva mascherato bene. Come le sue occhiaie. Respirò. Devia il pensiero, Lara, si disse. Concentrati su Spaccacuore.

Pensa a lui, a quelli che ci sono stati prima, a quelli che ci saranno dopo. Pensa che ora sarà accanto alla sua donna quotidiana, quella a cui spettano anche, o magari solo, i giorni festivi.

La rabbia mutò in inquietudine. Allontanò il piatto, avvicinò il cellulare. Rispose alla notifica di NickBlueEyes, pigiò sul suo profilo, Harley, bandana e occhiali da sole, ma sì, cosa me ne frega. Compose un messaggio malizioso. Ne digitò un altro.

Adesso che era online i cuori sul display pulsavano all'impazzata. Tutti tranne il suo. LorenzoIlMagnifico le aveva appena mandato il suo mezzobusto. No, troppo unto, non se ne parla proprio.

L'inquietudine divenne nausea e un rivolo acido le galleggiò sino alla gola, si mischiò con un flashback di malinconia. Gettò il telefono sul tavolo, camminò scalza sul parquet fino al frigo, modello americano – *mi dia il più grande che avete*, aveva chiesto al commesso, e quello pronto aveva obbedito. Come tutti gli altri.

Appoggiò un braccio alla porta, inclinò il collo, il volto illuminato dalla luce fioca, le guance arrossate dalla brezza no frost: una fotografia perfetta che nessuno poteva scattarle. Prese una crema di yogurt pistacchi e mandorle e puntò gli occhi sulle calorie: troppe, pensò, leccando il coperchio d'alluminio.

Il cellulare esalò una scossa luminosa. Corse verso il tavolo, il cucchiaio tra le labbra. Vediamo il motociclista che dice.

Visualizzò la notifica, la nausea l'attanagliò di nuovo. *La mia famiglia, la mia felicità.* Era quella scema di Martina Marini che postava polpettoni, abbondanti come tutti i parenti intorno. Sai che angoscia una famiglia così?

Meglio lei, che se ne stava da sola.

Gettò lo yogurt appena aperto. Aprì la porta del bagno degli ospiti, vuoto, immacolato. Inutile. Si guardò allo specchio: l'ovale perfetto, la pelle liscia e compatta, le labbra piene. L'aspetto da ragazzina non lasciava trapelare nessuna delle sue preoccupazioni.

Il cellulare vibrò di nuovo. L'icona di un fiorellino sbocciò sul display annunciando l'arrivo del ciclo. Respirò di sollievo. Sicuramente le radici del suo malessere venivano da lì. Cercò allo specchio la piega di un sorriso convincente. La trovò. Era tutto a posto.

2.

Le porte del supermercato si richiusero alle sue spalle senza fare rumore, come sempre.

Mia uscì, anche per quel giorno era libera.

Si strofinò gli occhi, accolta da un tramonto vivace, porpora, oro, che non si aspettava. La primavera stava decisamente arrivando.

«Permesso!»

Il bordo di un carrello d'acciaio la urtò e si rese conto di essere un fastidioso ostacolo alle colonie umane che bramavano la loro spesa quotidiana.

Si tolse dai piedi volentieri. Che entrassero pure. Lei per quel giorno aveva già dato.

Meglio non pensarci, anche a quel tramonto. Piuttosto, ecco, pensiamo a Zita. Che di nuovo non si era fatta più sentire. Che sicuro ce l'aveva con lei. Forse aveva sbagliato. Forse farla partire non era stata la scelta giusta. Forse non doveva insistere così.

Il cellulare squillò anticipando la formulazione del quarto mea culpa.

«Mia, bella di nonna, come stai?»

«Nonna! Finalmente!» esultò. «Quando arrivi? Ti vengo a prendere? Ti preparo qualcosa per cena?»

«Eh, quante domande tutte insieme.»

Un codice morso le strinse l'addome.

«Non ti sei più fatta sentire, per forza ho tante domande.»

«Sì, lo so. Ma in questi posti sai com'è, no? Mi ci hai mandata tu. Si esce da un posto e si va a mollo in un altro. Tempo per chiacchierare mica ce n'è.»

«Chiacchierare? Come sarebbe, chiacchierare?» Stai a vedere che adesso lei, per sua nonna, era diventata una perdita di tempo.

«Ma sì, dicevo per dire» tagliò corto e lei fece lo stesso. Dopo tutto quel tempo aveva solo voglia di rivederla e non di litigare.

«Allora dimmi... dove ci troviamo?»

«Da nessuna parte. Mi arrangio io.»

«Ma... Come sarebbe? Arrivi tardi, magari si fa buio e...»

«Ma va', che buio, Mia, ormai le giornate si stanno allungando.»

Il tono eccitato, la voce che si sovrapponeva a quella di un'allegra caciara.

«A me non sembra, siamo a metà marzo appena.»

«Adesso ti devo lasciare, stiamo partendo.»

«Nonna, aspetta!» tentò di trattenerla Mia. «Ma come torni?»

«Prendiamo un tassì qui, con delle mie amiche. Tu stai tranquilla e passati la serata come te la devi passare.»

«Va bene, allora vengo domattina.»

«Eh, domani mattina. Non lo so, vediamo» temporeggiò. «Magari dormo un poco di più ché sarò distrutta dal viaggio.»

«Ma se hai appena detto che arrivi presto.»

«Dài, facciamo che ti chiamo io quando mi sveglio. Ora fammi andare.»

«Va bene, fai attenzione. L'autista è quello dell'altra volta?» chiese, per acciuffare qualche certezza al volo.

«Sì, sì, è quello lì» le rispose sua nonna con un tono a vanvera, lo stesso che usava ogni volta che le diceva una bugia.

3.

«Ehi, tutto bene là dentro?»

Silenzio. Rumore dello sciacquone. Di nuovo silenzio. «Guarda che mi sto preoccupando!»

Mia sollevò il volto dal fondo del water su cui era chinata da mezz'ora, priva di ogni dignità.

Si sentiva ancora da cani, ma il suo odio per gli aloni era ancora più doloroso, e se Andrea non la smetteva con quel maledetto ticchettio avrebbe fatto uno scempio.

Riaprì la porta con un colorito verdognolo.

«Leva quelle mani, lasci tutte le ditate.»

«Come ti senti?»

«Di merda.» Si buttò sul microdivano. Tutto merito della cena *all you can eat*. Sapeva che non ci doveva mettere piede, ma Andrea ce l'aveva portata a forza con la scusa che si era rotto della sua cucina e anche della storia di sua nonna.

Ma quando si era seduta sopra un trespolo scomodo, con un piatto scarso di riso e tanti cadaveri rotanti su un nastro che le girava intorno, aveva capito che il motivo di quel trascinamento coatto aveva un nome e un cognome: Enrico Riccardi, anni ventotto, camicia a quadretti con le iniziali ricamate, occhiali rotondi, occhi vispi, pizzetto quanto basta, *head hunter* pure lui.

Prima che il suo stomaco s'imbizzarrisse lo aveva trovato interessante al punto giusto, soprattutto mentre le raccontava alcuni retroscena sui colloqui di selezione.

"Te l'hanno mai fatta la domanda dell'omino nel frullatore?" le aveva chiesto mentre lei srotolava un involtino vegetale sospetto. Aveva scosso la testa senza specificare che dopo il diploma aveva fatto un solo colloquio: era entrata nelle fauci dell'ipermercato e ci era rimasta. A raccogliere reclami e mozzarelle scadute.

"Vieni ridotta alla grandezza di una moneta da cinque centesimi e poi gettata in un frullatore. Le lame inizieranno a muoversi dopo sessanta secondi. Che cosa fai?"

Non lo sapeva, ma dall'alto dei suoi ventidue anni, vissuti a par condicio tra coliti e salutismo, aveva risposto che innanzitutto era bene non frullare niente perché metà delle proprietà nutritive andavano a farsi benedire, e in ogni caso l'estrattore era da preferire: non immettevi aria nella pancia e l'apporto vitaminico restava intatto.

Enrico l'aveva guardata in modo strano, che poi strano non era perché era lo stesso in cui la guardavano sempre anche gli altri, ma, a differenza di loro, aveva sorriso. Non con le labbra, con gli occhi, che erano diventati più chiari, da nocciola a verde muschio. Le era piaciuto: parlarsi in silenzio era più sfidante che farlo davvero. Poi boh, qualcosa non aveva funzionato, la pancia le era andata in tilt senza nemmeno un codice morso di avvertimento. E dopo un paio di corse al bagno se n'era tornata a casa, vergognandosi come una ladra, mollando a metà la cena, Enrico e pure l'omino nel frullatore.

«Fanculo al sushi.»

Si diresse barcollando nel cucinino alla ricerca di limoni e bicarbonato, senza trovare niente.

«Stenditi sul divano, faccio io. Ci manca solo che finiamo la serata in ospedale.» Andrea l'aveva raggiunta subito dopo, e ora la osservava perplesso.

«In ospedale non ci vado neanche morta. E comunque te l'avevo detto che non ci volevo venire a quello schifo di cena. Se così si può definire.»

Annaspò fino al divano, ci si buttò sopra, le gambe a penzoloni oltre il bracciolo. Andrea recuperò i limoni in qualche modo e prese a tagliarli direttamente sul tavolo, con il coltello del pane. In due metà asimmetriche. Strinse un cuscino contro la pancia e il dissenso.

«Il problema non è il sushi, Mia.» I limoni rotearono sullo spremiagrumi, gli schizzi aspri sulle piastrelle. «Ma che hai trovato la serata più piacevole di quanto ti aspettassi. E anche Enrico...»

Andrea mutilò il pacco di bicarbonato tagliando di sbieco la punta, con lo stesso coltello dei limoni.

Mia scattò a molla dal divano. Quando è troppo è troppo.

«No, no, no! Ma che fai? Non vedi che c'è scritto *premere*? Perché tagli? Perché?»

«Guardati. È chiarissimo.» Andrea restò a guardarla, impassibile. Lei fissava i limoni schiacciati sul lavandino.

«Sei tu che sei andata in crisi, non il tuo stomaco.»

«Dammi 'sta tazza.» Lo spostò bruscamente. «Per una limonata stai facendo un gran casino.»

Afferrò la spugna e iniziò a strofinare tavolo e piastrelle.

«Forse il vero casino ce l'hai dentro di te, Mia. E per risolverlo non ti basterà passare una spugna. E nemmeno bere una limonata.» Abbandonò la tazza sul tavolo già lindo. «Pensaci.»

Uscì, la porta si chiuse senza nemmeno un tonfo.

Lei restò sola, una scia di fritto, souvenir del ristorante, una spugna strizzata tra le dita che sgocciolava lacrime sporche sul pavimento.

Capitolo 6

1.

Il giorno dopo Mia si alzò presto: aveva fretta di scrollarsi dalle spalle la discussione con Andrea e la notte bianca. Che poi sarebbe stato più corretto dire nera, visto che aveva avuto incubi e occhi sbarrati per tutto il tempo.

E così ora eccola là, alle sei e quarantacinque, a marciare verso casa di sua nonna, una mano chiusa a pugno nella tasca del cento grammi nero, l'altra arricciata intorno al sacchetto di carta con i croissant integrali che aveva sfornato già alle cinque e mezza.

Il quartiere stropicciava gli occhi insonnolito, apriva le finestre per cacciare via l'*aria viziata*, come la chiamava Zita, sollevava le saracinesche dei negozi, il profumo caldo del pane che si mescolava a quello tiepido di latte e mattina. Camminava, i pensieri garrivano come le rondini che, incuranti degli alberi spelacchiati e del senso civico, arrivavano anche lì, a costruire nidi, a metter su famiglia. Le rimbalzavano in testa le parole di Andrea, negli occhi lo sguardo di Enrico, nella pancia gli echi della colite.

Spostò una lattina abbandonata sul marciapiede con la punta degli anfibi, ormai troppo pesanti. Cercò nella tasca un fazzoletto di carta per afferrarla e metterla nella differenziata. Non lo trovò. Non aveva nemmeno il battericida in gel, chissà chi ci aveva bevuto e quanti microbi c'erano. La lasciò dov'era.

Approdò alla panetteria sotto casa di sua nonna: sulla saracinesca era sbocciata la scritta fresca PUTTANA TUA SORELLA, un bel rosso insolente che prendeva a pugni l'insegna celeste di Delizie dal forno.

Il malessere si intensificò. Da bambina, quando ancora non sapeva leggere, s'incantava a osservare i graffiti che spuntavano nel quartiere, sui muri dei cortili, su quelli dei palazzi o sopra le strisce pedonali sbiadite: narravano, lo avrebbe scoperto qualche anno più avanti, di amori appena sbocciati, tormentati o dannatamente finiti. In quella zona funzionava così: ci si corteggiava a colpi di spray, i cuori traballanti come la grammatica. Se le cose andavano per il verso giusto l'embrione vandalico poteva crescere, sfociare in un murale, con tanto di data per consacrare il *per sempre* o benedire la futura prole, come quello della bambina dagli occhi blu sulla parete che da anni sorvegliava la piazza del mercato. Ma quando il lieto fine non c'era le scritte mutavano forma e dimensione, si alteravano, colavano giganti e gelatinose da un portone all'altro. Tutto il mondo doveva sapere il nome della troia o del bastardo che ti aveva macellato il cuore.

Mia e Andrea avevano passato interi pomeriggi a ricoprire di bianco quelle dichiarazioni d'odio; la vernice la comprava suo nonno Tore, perché lui quelle schifezze, sotto casa sua, non le voleva vedere. Teneva sempre una latta a portata di mano da quella volta in cui, sopra quel muro, qualcuno aveva scritto il nome di Lara. E non solo quello.

2.

Nel portone di sua nonna il nottolino girò a vuoto. Era di nuovo rotto.

Salì al secondo piano e aprì la porta con il suo mazzo di chiavi. Contrariamente alle aspettative vide Zita in piedi nel corridoio che srotolava bigodi soffici, i capelli di un biondo più chiaro di quello della partenza.

Indossava una vestaglietta leggera che non le aveva mai visto prima, un turchese vivace che le illuminava il viso. Per essere *distrutta dal viaggio* la trovava piuttosto in forma.

«Sei... già sveglia?» si stupì Mia, visto che non aveva ricevuto nessuna chiamata.

«Sei già qui?»

Si rimbalzarono uno sguardo sorpreso.

«Sono venuta un po' prima.» Mia appoggiò le brioche sul tavolo. «Pensavo di fare colazione insieme.»

«Io però il caffè l'ho già preso. Guardo se ne è rimasto un poco nella moka.»

Ciabattò distratta verso il cucinino. «Oh, è ancora caldo, siediti che te lo metto.»

«Preferisco un tè. Ho avuto una notte movimentata.»

«E meno male! Se non ce le hai tu alla tua età le notti movimentate, chi le deve avere?» scherzò Zita, l'umore sfavillante come la vestaglia. Ignorando la richiesta di Mia, poggiò la tazzina su un piatto sbeccato. Mia spiluccò la punta del cornetto, guardando sua nonna girarle il caffè senza aver messo dentro lo zucchero.

«Mi sembri tutta pimpante. Ti ha fatto bene questa gita. Com'è andata? Ti sei divertita?»

«Ma sì, dài. Non è stato male. Magari mi faccio l'impegnativa anche per il prossimo anno.»

«Sono contenta. Potresti convincere anche Caterina a venire. Così sei in compagnia.»

«Eh, Caterina, sì. Poi vediamo.»

Lo sguardo di Zita oscillò irrequieto verso il pendolo sul muro. Il punto fermo in quella casa, la stella polare delle loro vite.

«Prenditi il caffè, io finisco di sistemarmi i capelli, se no si ammosciano.»

Lasciò il croissant intatto nel sacchetto e si mimetizzò nel corridoio ingombro dei bagagli e del caos precedente. C'era addirittura lo stendino con i panni mummificati.

Mia finì il caffè, che stranamente sua nonna non aveva bruciato, e si alzò per fare ordine. Dal trolley aperto notò il costume olimpionico e la tuta grigia della partenza ancora nel sottovuoto originale accanto a un sacchetto umido e molliccio. Lo sollevò con due dita, puzzava di cloro e fango.

«Nonna, hai lasciato della roba bagnata in valigia.» Mia spostò *la cosa* verso il lavello del bagno, aprì l'acqua, spruzzò dosi generose di amuchina: galleggiarono due ciabatte di plastica in compagnia di un bikini floreale, con l'imbottitura in gel. Un push up di ultima generazione, come quelli che le spediva sua madre. Mai visto prima. Più che alle cure termali sua nonna pareva essersi data allo shopping selvaggio. E infatti ricomparve, i capelli sciolti in onde morbide, un portatrucco tra le mani e una scia di profumo, dolciastro e invadente. Mia ripartì alla carica mostrando le coppe del reggiseno che veleggiavano placide.

«Nonna, questo costume è tuo?»

«Sì. Me lo sono preso al bazar delle terme. Quello nero mi stava grande, si vede che mi sono dimagrita.»

La scansò dal lavandino e si piazzò davanti allo specchio, tra le mani un siero antirughe ancora confezionato.

L'acqua del rubinetto scorreva, il bucato restava in attesa del risciacquo. Zita lo ignorò e prese a spacchettare il siero. «Guarda nella tasca della borsa ché ti ho portato una cosa. Prendi la busta di carta, quella piccola.»

Mia estrasse una cartolina con Sant'Antonio, che sua nonna aveva accoppiato in modo profano con il magnete di un uomo nudo stilizzato sul bordo di una vasca da bagno, con sopra scritto SOUVENIR DI ABANO TERME.

«... Grazie...» *A caval donato non si guarda in bocca* era un altro dei proverbi preferiti di Zita. Non a caso.

«Eh, bella mia. La calamita te la metti sul tuo frigo ché a te ti piacciono e Sant'Antonio sotto al cuscino, così ti protegge. Guarda che sono andata fino a Padova apposta per prenderlo, eh?»

«Nonna...»

«Che c'è?»

«Veramente Sant'Antonio era portoghese.»

«Ah sì? Ma vedi che non ti puoi fidare di nessuno proprio.»

Picchiettò accuratamente il siero, fronte, naso, guance, mento.

«Però i miracoli li faceva, no?»

La voce del colonnello del canale uno filtrò dalla porta aperta, rispondendo al posto di Mia: annunciava instabilità principalmente al Centro-Nord e infiltrazioni fresche che contrastavano con il clima già mite.

«Hai sentito, Mia? Marzo è proprio pazzerello, come dice il proverbio. Fammi aprire, così cambiamo l'aria viziata.»

Zita spalancò la finestra allegramente.

Mia, invece, si divertiva meno: dei proverbi non si fidava, ma del colonnello sì. Quella instabilità, che ostacolava la primavera, per lei era già arrivata; la sentiva scricchiolare sotto i piedi in quel bagno rettangolare, infiltrarsi tra le fughe delle piastrelle celesti, così simili all'ombretto che sua nonna si stava spennellando. Le sembrò addirittura di percepire il rombo di un tuono. Guardò fuori dalla finestra spalancata: il cielo era sereno, dello stesso, identico, azzurro di prima.

Capitolo 7

1.

Spaccacuore sbuffava nuvole di vapore e vaniglia mentre lei si rivestiva.

A Lara quel rituale piaceva. Di lui conosceva il nickname, il modo in cui faceva l'amore e gli aromi delle sue sigarette elettroniche. Indovinarne la fragranza, al termine di ogni incontro, era diventato un gioco nel gioco, che teneva per sé, come molte altre cose. La memoria olfattiva l'aiutava a tenere il conto dei loro appuntamenti: c'erano stati anice stellato, menta, liquirizia e una fragranza ruvida e legnosa, forse sandalo, che associava al primo incontro. Ogni nota sembrava accordarsi bene al suo profumo, l'Air du temps. Le piaceva il nome di quella fragranza che aveva l'ambizione di imprigionare in una boccetta di vetro l'odore del tempo.

Spinse le lenzuola stropicciate con le dita dei piedi, indossò la mini sottoveste cipria, nuova collezione Gisèle primavera-estate. Le abatjour cremisi illuminarono la bustina del condom scivolata sulle calze velate. Arricciò il naso e lasciò tutto dove si trovava senza toccare niente. Indossò il tubino rosso, ovviamente senza calze. Del resto la primavera era uno stato mentale, no? E poi così poteva esibire la sua carnagione dorata e stava ancora meglio. Comunque quella camera non le piaceva. Anche il bagno era troppo piccolo e senza vasca idromassaggio.

Il nome del direttore commerciale lampeggiò a sorpresa sullo smartphone appena riattivato. Mail urgente e importante: servivano subito numeri e percentuali. Lara aveva tutto impresso nella memoria, quei numeri li adorava, viveva per loro. Iniziò a digitare quanto richiesto, composta e sicura, come fosse al tavolo di una riunione e non nella toilette di un motel a ore.

Spaccacuore le sfilò davanti, nudo, per raggiungere la doccia. La porta restò aperta: un'essenza schiumosa di muschio bianco le solleticò naso e desiderio. Inviò la risposta, le cifre si appannarono ondeggiando, liquide e confuse.

2.

«Guarda cosa ti ho portato: Sant'Antonio da Padova!» Zita mostrò una cartolina identica a quella che aveva dato a Mia.

«Tore, tu lo sapevi che questo era portoghese? Pure i santi ci vogliono togliere!» Si era messa comoda, quel giorno al cimitero c'era poca gente e aveva una scala tutta per lei.

Soprattutto non ci sarebbe stata la Dal Molin a ficcare il naso: se n'era scesa in Veneto da sua sorella, in quel suo paesino del cavolo da cui le mandava sempre le cartoline, per vantarsi, nemmeno fosse chissà dove. Prima però aveva avuto la bella pensata di riempire di primule e gerani tutta la fila in cui era sepolto suo marito. Salì all'ultimo piolo.

«Hai visto che non ho più il fiatone? Merito dei trattamenti, eh. A furia di mettermi fango mi è passata anche la sciatica, sai? Ma noi perché non ci siamo mai stati? Non è vero che ci sono solo vecchi e magagne. No, no. C'è gente per bene. Pure più giovane di me. Ché gli acciacchi, quelli, mica guardano quanti anni hai. Se ti devono venire ti vengono.»

Zita gesticolava come usavano fare quando discorrevano tra loro, in casa e anche fuori. Quel giorno non riusciva a stare ferma, tormentava il manico della borsa, consumato ma ancora buono, il bordo del golfino rosa, il gambo delle rose che aveva portato. Scese al piolo precedente. Saltellava da un gradino e da un argomento all'altro.

«Lo sai che ha fatto *quella là*, sì, la Dal Molin, prima di svignarsela dalla sorella? Una serra, ha costruito. Deve sempre esagerare. Si crede che così, se lei sta via un mese, pure un mese e mezzo secondo me, ché quella prima di Pasqua non si ritira, sta a posto con la coscienza. Ha invaso tutto che a momenti sui petali devi camminare. Solo perché suo genero è assessore al Comune, fa quello che vuole.»

Percepì un rumore di passi, si guardò intorno seccata, sperava che fosse quel fannullone del guardiano per potersi lamentare con lui. Ma niente, quello non si faceva vedere nemmeno per sbaglio. I passi appartenevano a una donna giovane, un abito blu scuro di quelli già primaverili, capelli sciolti, fiori e pianto freschi di giornata. Questa mi sa che è una nuova, pensò. Madre? Moglie? Sorella? Chissà. L'orlo dell'abito svolazzò dietro la curva degli ultimi arrivati e il rumore dei passi cessò. Zita non ci pensò più, tornò a concentrarsi sulle sue faccende, in particolare sul mazzolino di fiori secchi che aveva messo prima di partire.

«Però la fioraia aveva ragione, Tore. Il mazzetto è rimasto bello. Sai che faccio? Te lo lascio. Magari queste rose che ti ho preso me le porto a casa, ché tanto il colonnello del canale uno dice che tra un po' il tempo si guasta e se si rovinano è peccato.» Avvolse le rose nel foglio di un quotidiano, spine e petali custoditi nella cronaca nera del giorno precedente. «Ora do una spolveratina e poi Tore, porta pazienza, me ne devo andare, Caterina mi aspetta.»

Prese un panno dalla borsetta e lo passò amorevole su ogni lettera dorata dell'epitaffio, sull'ovale d'argento che immortalava un sorriso di Tore, grigio antichizzato, perché Lara aveva detto che era più chic. Gli soffiò un bacio, scese dalla scala e sussultò dallo spavento. Si trovò di fronte un mucchietto di ossa ricoperte da una stoffa nera da cui prendeva forma una vecchietta, mani callose strette intorno a un mazzo di margherite del supermercato.

«Scusi, mi servirebbe la scala» gracchiò l'anziana, la voce che scricchiolava come le sue ossa.

«Ecco, ecco, gliela lascio. Tanto per oggi ho finito.» Si accomiatò, il solito segno della croce al contrario, le rose rosse che sporgevano dalla borsa, il passo veloce veloce. Mamma mia che impressione questa vecchia. Le ricordava le vedove del suo paese, quelle che si mettevano con le sedie di paglia fuori dalla porta e stavano lì sulla soglia ore e ore, a fissarti cattive, con lo sguardo da cornacchie. Sentiva il cuore che le scoppiava nel petto, forse per lo spavento, forse per le parole che a Tore, quel giorno, non aveva detto.

Capitolo 8

1.

La storia del sushi *avvelenato* si era messa di traverso tra lei e Andrea: ogni volta che riprendevano il discorso lui puntualizzava tutto quello che le aveva espresso forte e chiaro quella sera del cazzo. Come se non avesse già infierito abbastanza nel dirle che no, non voleva certo psicanalizzarla, ma che era arrivato il tempo di chiarirsi bene le idee su coliti, capelli attorcigliati, sesso, ossessioni igieniche e quant'altro. Le aveva riempito un bel carrello di crucci e glielo aveva consegnato, la moneta già inserita, un misero buono sconto valido per un *quando vuoi, io ci sono*. Ma intanto non si era fatto più sentire.

Lei era rimasta a leccarsi le ferite *nel suo brodo*, come diceva sua nonna, del resto lei da sola ci stava benissimo. E invece, con il passare delle settimane si era sentita smarrita, come se le mancasse un pezzo. Anche se a quale pezzo corrispondesse Andrea non lo aveva ancora capito. Quello che aveva capito era che senza di lui tutto era troppo: pesante, serio, lento. Si era sentita come se il vuoto le si allargasse intorno e poco alla volta la trascinasse giù. Affondava nei jeans troppo larghi e nella noia. Le mancava un confronto, un consiglio sincero. Soprattutto le mancava l'unica parte spensierata della sua infanzia.

E allora in quel sabato per lei insolitamente di riposo aveva preso il telefono, l'aveva invitato in centro, film cazzone e dopo magari una pizza, una cosa ben fatta, non il solito whatsapp all'ultimo. Poi magari ci scappava anche un gelato dalla Romana, solo per lui naturalmente, in quanto né la sua pancia né il suo umore potevano reggere tutta l'interrogazione parlamentare che ti facevano per arrivare alla tua scelta e servirti quel maledetto gelato.

Uscì dalla Stazione Porta Nuova e imboccò i portici in direzione Parco del Valentino. Quel biglietto di ingresso per la città ti trasmetteva emozioni a corrente alternata. Tu proseguivi e quello che vedevi mutava continuamente: la targhetta dorata dell'hotel tre stelle, un materasso sudicio buttato a terra, i manichini atletici che saltavano nelle vetrine dei negozi sportivi, un cane accucciato con il suo padrone tra resti di crocchette e cartoni, una ragazza bionda e profumata, pronta a placcarti per chiederti il titolo dell'ultimo libro che avevi letto. Era una cartolina di contrasti Torino, indossava un volto ribelle sotto il velo dell'austerità sabauda. Quella zona di fronte alla stazione, ad esempio, per quanto ci provassero non si riqualificava mai: tra un portico e l'altro si infiltrava, quasi per dispetto, tutto quello che il "salotto buono" più avanti cercava di ignorare. In quel tratto i turisti passavano per raggiungere via Roma o iniziare lo shopping da via Lagrange. Era come se la città mostrasse subito il peggio, per ammaliarti subito dopo, cambiando pelle e odore: piazza San Carlo che profumava di eleganza, di caffè, di cioccolata; i lampioni del Teatro Carignano che per un attimo ti facevano pensare di essere a Parigi; le porte stellate del ristorante Del Cambio. Quelli erano i ricordi che ti portavi a casa e tutto ciò che avevi visto prima, che ti fosse piaciuto o meno, lo dimenticavi.

Mia sbucò davanti alla cioccolateria storica in cui si erano dati appuntamento. Forse anche lei avrebbe dovuto utilizzare la stessa memoria selettiva dei turisti, fare una bella pulizia del suo archivio mentale e rimuovere i file che non le piacevano.

Andrea la stava già aspettando, giacca in gabardine petrolio, un quotidiano sotto al braccio, lo sguardo impastato di sonno anche se erano le tre del pomeriggio. Si salutarono con un entusiasmo inversamente proporzionale, lei con un bacio vivace sulla guancia, lui con un buffetto e uno sbadiglio. Entrarono, ordinarono i caffè, si rannicchiarono attorno a un tavolino minuscolo.

«Sei pieno di energia, eh?»

«Devo ancora riprendermi da ieri sera. Con i ragazzi abbiamo fatto l'alba.» Stropicciò gli occhi e il giornale.

«Comunque c'era anche Enrico. Mi ha chiesto di te...»

Mia tentò di concentrarsi sui titoli dei film stampati sul quotidiano, anche se già li aveva visti poco prima dal cellulare.

«Dice che se vuoi sapere la soluzione dell'omino nel frullatore è a tua disposizione.»

«Ah, bene, okay. Terrò presente. Cosa guardiamo oggi?»

«Scegli tu, purché sia una menata che ci spenga il cervello.»

«Concordo. Ho avuto una settimana di merda, tra il lavoro e mia nonna.»

«È tornata? Come sta?»

«È tutta pimpante. Ha fatto shopping, si è tinta i capelli.»

Un cameriere poggiò i caffè e un piattino di paste secche con gesti da antico lord. Mia retrocesse d'istinto, in leggings e felpa si sentiva a disagio. «Ottimo, vuol dire che comincia a riprendersi.» Andrea afferrò un bacio di dama dal piattino dorato, perfettamente a suo agio.

Tentò di emularlo, ma le venne solo da mordicchiarsi un *dread*.

«Ma sì. Meno male. Meglio così.»

«Dal modo in cui lo dici sembra tutto il contrario.»

«È che non lo so. Mi sembra strana, troppo di buon umore. Quasi irritante. E continua a raccontarmi palle.»

«Quello lo faceva anche prima, quando si fossilizzava tutto il giorno al cimitero.»

«Sì, ma stavolta è diverso.»

«Perché? Cosa cambia?»

«Siamo state sempre bene noi due. Invece adesso sembra quasi le dia fastidio.»

Andrea restò in silenzio a fissarla: Mia riconobbe lo stesso sguardo dei limoni e delle piastrelle inzaccherate la sera della litigata dopo la sushi-bomba. Sperava non ne scoppiasse un'altra.

«Forse ha solo voglia di starsene un po' tranquilla? Mia, non prendertela, ma ho la sensazione che spesso tu le stia troppo addosso. Le controlli gli orari, le fai la spesa, le organizzi le vacanze...»

«E cosa c'è di male, scusa? Mi prendo cura di lei, adesso che è sola e...»

«Di male c'è che forse, e dico forse, lei non si sente libera di comportarsi come vuole. E sta cercando di fartelo capire. Inizia a farsi vedere com'è davvero. E a te questo non piace. O non ti piace come prima.»

«Mmm... tu dici?»

«Dico sì...»

«Cazzo, sei uno psicologo *vero* allora!»

«Sì, ma non diffondiamo troppo la voce. Passiamo a cose più leggere. Hai scelto il film brutto?»

Mia indicò il primo della lista. Il peggiore dei b-movie, quello che sbancava i botteghini. La cosa non la stupiva affatto: la gente sceglieva a caso per evitare di pensare. Pensare era faticoso, pesante. Mentre era in coda al cinema nella fila accanto ad Andrea, come facevano sempre per scegliere in ogni caso la più veloce, notò un divanetto di gommapiuma. Sembrava morbido e comodo. In tv, a *Consumo responsabile*, avevano detto che quella sostanza apparentemente invitante poteva essere cancerogena. I suoi pensieri le sembrarono esattamente così: leggeri all'inizio e poi diabolici, tossici. Si annidavano nella testa, ramificavano togliendole spazio e ossigeno.

Andrea tornò con i biglietti, un sorriso e un barattolo di popcorn che puzzavano di olio fritto, sicuramente tossico anche quello. Nemmeno a dirlo la sua fila era stata quella più veloce.

2.

Zita passeggiava a braccetto con Caterina, respirando a pieni polmoni. Che bel profumo aveva la primavera!

Era senza dubbio la sua stagione preferita: bastava un vestito, un golfino ed eri a posto. Le giornate si allungavano, le tinte pastello ridisegnavano i contorni del quartiere creando un'illusione di bellezza soffice, breve come la fioritura dei mandorli, in cui tutto sembrava diverso. Perfino quegli orribili marciapiedi che il Comune aveva fatto tinteggiare di un brutto rosso carminio.

«Ma tu, Caterina, 'sta storia dei marciapiedi rossi l'hai capita?»

«Non tanto, Zita. Dicono che lo hanno fatto per questioni di sicurezza. Così si vedono meglio le buche e le imperfezioni, queste cose qui.»

«E tu ci credi? Vai a sapere il motivo vero. Comunque almeno potevano farli di un rosso più brillante, non questo tutto smorto. Così sono proprio brutti.»

«Sì, era meglio se li lasciavano grigi. Certe cose vanno lasciate come sono, altrimenti peggiorano soltanto.»

Caterina puntò verso il giardinetto di via Milano, vicino al Teatro Superga, nel quartiere residenziale.

«Guarda questo parco giochi, per esempio. Era davvero carino prima che ci mettessero questi cosi» indicò una cyclette e una panca per addominali. «Adesso è diventato una specie di palestra. Non si capisce più niente. Quando tu eri alle terme sono scesa per prendere aria e avevo di fronte una banda di ragazzoni che sudavano, in pantaloncini corti, e si piegavano su e giù sopra questi affari. Sono rientrata a casa per la disperazione. Non c'è più contegno, mia cara Zita.»

«Eh, ma quelli apposta li hanno fatti, per farci ginnastica.»

«No, non è per me, Zita» Caterina scosse la testa. «Quando si abbassavano scendevano anche i pantaloncini e si vedeva tutto il didietro. E più avanti c'erano i bambini che giocavano. Ma no, dài, a che punto siamo arrivati.»

Zita guardò gli attrezzi e pensò che le stavano simpatici; che se ci fossero stati ai tempi di Lara avrebbe risparmiato un bel po' di soldi di palestra. Quella, con la forma fisica, era sempre stata fissata. Dopo aver avuto la bambina, poi, non ne parliamo proprio.

«Ci sediamo?» Caterina indicò una panchina completamente libera.

Zita avrebbe passeggiato ancora volentieri, ma l'amica aveva l'aria stanca, così annuì.

«Vieni Zita, mettiamoci sotto questa bella magnolia e godiamoci la pace visto che non c'è ancora nessuno. Ho comprato le riviste nuove.»

Ne passò un paio a Zita che aveva la testa altrove. Quel profumo di fiori le aveva fatto sbocciare il ricordo di Padre Pio. Aveva visitato la sua cella quando ancora non c'era tutta quella baraonda scoppiata dopo la santificazione. Ci aveva portato anche Lara, che era ancora ragazzina, e aveva sbuffato tutto il tempo.

"Sai che quando senti il profumo di fiori all'improvviso è Padre Pio che ti sta vicino?" le aveva detto mentre si faceva il segno della croce al contrario.

"Io non sento proprio un bel niente" aveva ribattuto l'altra, scettica. Si era infilata le cuffie per la musica nelle orecchie ed era uscita.

«Zita, ma alla fine queste terme ti sono piaciute o no?» Caterina la strappò ai ricordi. Zita notò che aveva piegato una pagina con la foto di un tacchino vicino a quella di Antonella Clerici.

«Non erano male, sai?»

«Allora tua nipote aveva ragione?»

«Eh sì, eh sì...» Sfogliò anche lei la rivista e fissò la foto cobalto di una mozzarella fiordilatte. «Hai sentito che le mozzarelle adesso diventano blu?»

«Sì, l'hanno detto al telegiornale. Non si sa più cosa mangiare. A proposito, tu i canederli li hai mai fatti?»

«I che?»

«I canederli. Domani vengono a cena Carlo Maria e Adele e volevo fare qualcosa di speciale.»

«Ah, figlio e nuora. Quale miracolo! Non cucinare troppo, ché poi magari dicono e all'ultimo non vengono più, come l'altra volta. E ti rimane tutto lì.»

Caterina restò in silenzio qualche minuto.

«Hanno tanto da fare, tra lo studio notarile e il resto...»

Zita chiuse il giornale e guardò le foto di speck e pancetta che le mostrava l'amica.

«Ma non fa caldo per gli insaccati?»

«Forse hai ragione. Vediamo se trovo una variante, però mi segno anche questa, se no poi non la trovo più.»

Caterina fece l'orecchia a un'altra pagina. Zita si guardò intorno. Le altalene erano ancora deserte, le panchine semivuote. Quella domenica pomeriggio sembrava immersa in uno stato di calma apparente. Lo stato ideale per dire quello che doveva. Sospirò. Il momento era arrivato.

«Caterina, lascia stare un attimo le ricette e stammi a sentire.» Appoggiò la mano su quella della sua amica che la guardava incuriosita. «Ti devo dire una cosa.»

3.

«Lara? Ma sei ancora al lavoro?»

La voce di sua madre le schiamazzò nell'orecchio alle diciannove e quindici di quel sabato pre-allestimento. I capi esclusivi della collezione *Mariage* stavano per arrivare, le aspettative erano altissime, come il caos che le toccava arginare.

«Certo che sono al lavoro.»

«Vabbè, ma tra poco i negozi chiudono. Quando finisci?»

«Tardi. È una giornata piuttosto complicata. C'è qualche problema?»

Lara sorvolò, non aveva tempo per le precisazioni sui negozi e quant'altro: sul pc lampeggiava la solita mail del direttore commerciale, urgente, importante, conferma di lettura obbligatoria. Tutto incluso, come al solito.

«Ma no, ma no. Volevo solo dirti di non comprare le mozzarelle: hanno detto in televisione che diventano blu» abbozzò Zita, tanto per dire qualcosa di diverso da quello che aveva pensato.

«Io non mangio mai mozzarelle.» Quasi trecento calorie e nemmeno ti saziano, calcolò Lara a mente. «E anche tu faresti bene a evitarle, ti alzano il colesterolo.»

«Mangi o non mangi, quello si alza lo stesso e fa come vuole. Però ora non le compro ché sono avvelenate.»

«Brava. Io nemmeno. Allora ci salutiamo tranquille?»

«Veramente volevo chiederti un'altra cosa» temporeggiò Zita e si schiarì la voce. Brutto segno, pensò Lara.

«Devo fare un paio di visite. Volevo prendermi, che so, una vestaglietta e un paio di camicie da notte. In quel negozietto dove lavori tu. Lì a Milano avete tutte cose moderne.»

Alla parola *negozietto* Lara prese a grattarsi il gomito. Ci aveva provato, infinite volte, a spiegare a sua madre che era un'*area manager* e non una commessa. Ma niente, non c'era verso. Com'è che diceva sempre lei... *Non c'è peggior sordo di chi non vuol sentire*. Appunto.

«Che visite? Non stai bene?»

«No, sì. I soliti controlli. Allora, che dici, hai qualcosa?»

«No. Gisèle al massimo arriva alla quarantadue.»

«Come sarebbe? E che vestite, i manici di scopa?»

«Soprattutto quelli. Vedo se ti trovo qualcosa. Per quando ti servono?»

«Per la settimana prossima.»

«Così presto? Sicura sia tutto a posto?» si insospettì Lara.

«Sì, sì. Caterina mi ha consigliato un posto dove in due giorni ti fanno tutto quello che ti devono fare e sembra quasi di stare in hotel. Mi hanno messa al posto di una disdetta.»

«Ho capito. Ma quindi ci andate insieme?»

«No, no, lei non viene...» Zita raschiò la gola un paio di volte. «È che c'è stata da poco. Io ora però sono di corsa, devo fare una commissione. Come rimaniamo allora?»

«Va bene. Ti cerco qualcosa io e ti mando un pony.»

«Un che?»

«Un corriere che ti porta il pacco. Non ti preoccupare.»

«Ci mancherebbe, lo so che tu fai le cose per bene, Lara.»

Come vorrei pensare lo stesso di te, mamma. Lara ripose il cellulare, puntò gli occhi di nuovo sulla mail, urgente, importante. Li strizzò un paio di volte infastidita. Forse quel mascara nuovo?

Non ci capiva niente. Allentò il bottone della camicetta, inviò un messaggio a Mia. Il prurito, ora, si era arrampicato fino al collo.

CAPITOLO 9

1.

Mia superò il passaggio a livello e si trovò di fronte l'ingresso della pizzeria cinese, la preferita di sua nonna: si era già formata una coda vorace, accalcata e affamata tra il bancone e il forno a legna.

Forse poteva entrare, ordinare una margherita e portargliela, nel tentativo di rendere meno amaro ciò che voleva dirle e farsi dire, e che lei, già lo sapeva, non avrebbe ammesso mai.

Pensò a tutte quelle sere in cui avevano condiviso pizza e puntate di *Consumo responsabile*, mentre suo nonno sonnecchiava sulla poltrona.

Non era mai stato uno da grandi lotte, lui.

"Ma guarda che roba! Hai visto, Tore? Le porcherie che ci fanno mettere addosso!" tuonava Zita scandalizzata cercando di coinvolgerlo. "E no eh, da domani tutte le etichette controlliamo, vero Mia?"

Lei la lasciava fare, sapeva che era solo un fuoco di paglia e che il giorno dopo se ne sarebbe tornata a frugare nelle bancarelle TUTTO A DUE EURO come se niente fosse.

Sospirò. Percepì una stanchezza pesante come il giubbotto che continuava a indossare, incurante della primavera. Sembrava passato un secolo e invece era solo un pugno di mesi, sufficienti a stravolgerle la vita, per l'ennesima volta.

Inquadrò una delle solite lattine di birra che indicavano l'avvicinamento al quartiere di Zita. Lo stesso in cui era cresciuta quando sua madre l'aveva smollata dai nonni, per gestire pizzi e mutande a destra e sinistra. Prima la morte di Tore, poi la depressione di Zita e adesso... Già, adesso?

Stranamente questa volta cosa fare gliel'aveva suggerito proprio sua madre. Con un messaggio. A cui aveva dedicato anche più dei consueti cinque minuti. Del suo prezioso tempo.

Tua nonna è più strana del solito. Parla di esami, controlli. Hai idea di quello che succede? Alla fine se n'era accorta anche lei, che pensava solo ai fatti suoi.

E probabilmente aveva anche centrato il punto, mentre lei brancolava nel buio confusa dal suo biondo chiaro, dal bikini, da quello stato di apparente felicità. E invece no, brava la nonna. Guarda che bella strategia che si era messa in piedi. Magari aveva pianificato tutto quando era alle terme, e lei come una cretina inizialmente aveva abboccato.

Poi aveva indagato con i medici che l'avevano in cura e con Caterina per capire meglio.

E infatti aveva capito: non c'era nessuna visita, nessun controllo. E per di più Zita aveva balzato anche quelli precedenti. Per mettere in atto quel piano che ora Mia aveva inquadrato alla perfezione: *mi faccio bella per raggiungere il mio Tore e vi saluto tutti. Per sempre.*

Ecco spiegato anche perché, adesso, al cimitero ci andava solo un paio di volte alla settimana. Non le importava andare a trovarlo tutti i giorni. Pensava di raggiungerlo.

E lei sarebbe rimasta sola. Inevitabilmente.

Scacciò le lacrime nervose, sfuggite dal reticolo di mascara in cui aveva tentato di nasconderle, le gambe e le mani le tremavano, rianimate dal dolore. Raggiunse i portoni rossi, quelli con vista sul Poker bar, i numeri dispari si materializzavano sfuocati davanti ai suoi occhi: diciassette, diciannove, ventuno.

Sua nonna era già lì, avvolta in un golfino a fenicotteri rosa. Sembrava quasi la stesse aspettando, ma lei non l'aveva avvertita. Non era sola. Confabulava allegramente con un tipo dai capelli bianchi impomatati, le spalle ben dritte, coperte da un impermeabile leggero. Mia inchiodò sulle suole spesse degli anfibi e retrocesse di qualche passo. I due sembravano in confidenza: lui le bisbigliava all'orecchio, trasportandola in un silenzio ovattato che apparteneva solo a loro; lei rideva, una risata leggera, fresca. Mia restò immobile.

La pancia si strizzò in un crampo, due, tre. Poi non li contò più.

2.

Lara sgusciò di corsa tra le porte automatiche del supermercato già deserto.

«Stiamo chiudendo» tentò di demotivarla il vigilante. Sfoderò un sorriso dei suoi e quello subito si fece da parte. «Faccia in fretta, per favore.»

Uomini, imprevedibilità zero; prese un cestino e puntò decisa verso il banco freezer. Guarda qui, la gente pensa solo a mangiare, non è rimasto più niente, sembrano passate le cavallette. Osservò le due zuppe superstiti, schifò quella del contadino con i borlotti e prese l'altra, ai carciofi. Afferrò al volo uno yogurt e un pacco di *cookies* inglesi, quelli a forma di disco volante, con le gocce di cioccolato, i preferiti di sua figlia. Quando Mia era bambina insieme a quei biscotti avevano assaggiato anche scaglie di felicità: spalancavano la bocca per mangiarli interi, senza spezzarli. Facevano smorfie buffe, sputavano briciole, ridevano libere e ribelli.

Quel ricordo la stranì: le sembrava impossibile pensare che c'era stato davvero un tempo in cui mangiava biscotti al cioccolato insieme a sua figlia. Forse era per quello che continuava a comprarli. Mangiarli no, li tirava fuori ogni tanto, ne sbriciolava uno, dimenticava il pacco aperto e finiva sempre che l'aria li rammolliva tutti, e li buttava via quasi intatti.

Sistemò i prodotti sul nastro. La cassiera la incenerì con gli occhi, troppo segnati dalla stanchezza per la sua giovane età. Mio Dio, qualcuno avrebbe dovuto regalarle un correttore, almeno! E comunque avrebbe dovuto ringraziarla, visto che grazie alla sua spesa si stava guadagnando quindici minuti di straordinario in fascia notturna. Anche questa pioggia di straordinari per i ruoli operativi la trovava ingiusta. Da Gisèle, grazie a lei e con tanti applausi dall'azienda, quel parametro non veniva più applicato.

Qui non importa se è tardi, se avete finito il turno, se vi scappa la pipì o se fuori è atterrata un'astronave. Qui siete da Gisèle e l'unica cosa che conta è quello che desidera il cliente. Da Gisèle esiste solo un tempo: l'infinito. Le altre coniugazioni dimenticatele.

Entrò in casa pensando che lei a trasformare il suo tempo in infinito c'era riuscita. Bastava, semplicemente, non fermarsi mai. Versò i dadini verdi-gialli dei carciofi in una pirofila, impostò il fornetto mentre leggeva le calorie sulla busta, prima di buttarla nell'indifferenziato. Sistemò una tovaglietta americana, un cucchiaio, il pc già acceso e un calice di Evian. Una cena perfetta a lume di microonde e report da controllare.

Si grattò il naso. Perfetta, insomma. Adatta alla donna che si era messa addosso. Per sopravvivere. Per proteggersi.

La Lara di un tempo, la ragazzina di periferia, per cena avrebbe mangiato pizza con le mani dal cartone, seduta su una panchina qualunque. Avrebbe riso, baciato, vissuto.

Ma era scomparsa. E non era stata la sola.

La nuova Lara aveva la carriera, la taglia quaranta e un loft a Milano. E un cuore amputato su cui poteva spalmare sesso a ore, consapevole che l'amore no, quello era un'altra cosa. Che, dopo quanto accaduto, non le interessava più. I casini familiari invece la inseguivano ancora, ovunque andasse. Milano era troppo vicina, in effetti. Forse doveva chiedere il trasferimento. Magari all'estero. Parigi, sì. Anche se quando le era arrivata la proposta dall'azienda aveva rifiutato. Tore era appena morto. Zita era fuori di testa e si accampava al cimitero da mattina a sera. Mia stava facendo la stessa fine, buttando per aria sia il lavoro sia la casa che si era appena trovata. Che *lei* le aveva trovato, ovviamente senza che sua figlia lo sapesse. Miniappartamento in zona schifosa, aveva dato il mandato all'agente immobiliare e quello subito si era illuminato d'immenso. Lei meno, ma sperava che andando a vivere da sola sua figlia risalisse dal torpore in cui si era blindata. Ventidue anni e non combinava niente.

Lei alla sua età aveva combinato anche troppo. Era già madre e forse già stufa di esserlo.

Guardò il cellulare, non si era fatta sentire, buon segno. Sicuramente Zita stava bene, altrimenti "l'allarme Mia" sarebbe già scattato. Si appuntò di risentirla l'indomani, tanto per vedere come andavano le cose. Il timer suonò: il contenitore incandescente, il contenuto appena tiepido. Poteva rimettere tutto dentro e pazientare ancora un po', ma *aspettare* era un verbo che non le piaceva. Tuffò il cucchiaio nella zuppa artificiale, che fredda faceva ancora più schifo.

Sul display comparvero diverse notifiche. LorenzoIlMagnifico non demordeva, né con lei né con gli unguenti, notò osservando le foto appena inviate. Spaccacuore nemmeno, ma lo faceva con più stile e stando alla larga dall'olio di cocco. *Domani, tredici e quindici.* C'era scritto solo quello, ma andava bene così.

Spostò con un gomito il piatto con il passato ormai freddo. Aveva la nausea.

3.

«Ecco, è pronto!»

Zita sfornò i cannelloni fumanti. Questo *Sette cuochi* di Caterina era davvero una cannonata.

Carlo Maria, che lei chiamava *il figliol prodigo*, ma solo in assenza dell'amica, glielo aveva fatto recapitare da un fattorino per scusarsi dell'ennesimo pranzo saltato. «Guarda che bella doratura! Perfetta proprio, eh?» notò compiaciuta come se li avesse fatti lei, che si era limitata a girare il ragù.

«A me sembrano bruciacchiati...» osservò scettica Caterina che ancora non si fidava di quel coso.

«Ma no, devono essere così. Se no restano molli.» Zita afferrò la teglia e la dispose sulla penisola, soddisfatta e anche affamata. «Se li vede Mia diventa pazza! Quando li facevo io, per mangiarsi la crosticina lei e Tore facevano sempre a gara.»

«Dille di passare quando vuole. Così li assaggia.»

«Quando la vedo, anzi se la vedo, glielo dico. Per adesso mangiamoceli noi ché sono buoni proprio, leggeri leggeri.»

«Zita, tanto leggeri non sono. Ci abbiamo messo il ragù di maiale e la besciamella.»

«Sì, sì, ma con questa meraviglia di forno i grassi si sciolgono tutti in cottura! L'ho letto sul tuo libretto di istruzioni.»

«Speriamo.»

Caterina affondò la punta della forchetta nel ripieno morbido della pasta.

«A proposito di Mia, le hai parlato, poi?»

Zita spostò un ricciolo di pasta verso l'angolo del piatto.

«No, non ancora.»

«E con Lara, almeno?»

«Mah, ci ho provato. Poi non so come siamo finite a parlare di mozzarelle. Sai com'è fatta lei, non mi stava neanche a sentire. Era tutta presa con il lavoro.»

«Sì, certo. Il lavoro è lavoro, viene prima di tutto, glielo dico sempre anche io a Carlo Maria.» Caterina distese le pieghe inesistenti del tovagliolo sulle ginocchia. «Ma le hai spiegato per bene tutta la situazione, come hai fatto con me?»

«Insomma. Non è che proprio le ho raccontato tutto per filo e per segno. Quando sarà il momento capirà. Adesso, non guastiamoci l'appetito.» Zita posò il tovagliolo di fiandra accanto al piatto. «Questi cannelloni sono come quelli che mangiavamo alla pensione di Renza, a Finale Ligure, te li ricordi?»

«Eh sì, chi se li dimentica» confermò Caterina, che più che il sapore aveva in mente i bicchieri opachi, le piante di plastica sui tavoli e il materasso che le faceva venire il torcicollo.

A Zita, invece, piaceva tantissimo. Costava poco e durante i pasti avevi vino e acqua a volontà. Ci andavano tutti e quattro insieme, sempre la prima settimana di giugno, quella con il sole ancora tiepido che faceva bene alle ossa.

«Sembra passato un secolo. E invece quant'è? Cinque anni?»

«Cinque esatti a giugno. Quando Augusto fa l'anniversario.»

«Dài, magari un giorno ci torniamo» cercò di consolarla Zita, pentita di averla rattristata.

«No, Zita.» Caterina posò la forchetta sul tovagliolo. «Io lì senza il mio Augusto non ci voglio tornare più.»

Capitolo 10

1.

Mia era allergica al rosa, come ai latticini. Eppure era stato più facile eliminare dalla dieta tutti "i bianchi" che le imbizzarrivano la pancia che evitare quel maledetto colore.

Se lo ritrovava dappertutto.

In quel momento ad esempio le esplodeva sul viso in un tramonto sfacciato tinta confetto, di quelli che Torino mette in scena per annunciare l'arrivo dell'estate, nel caso te lo fossi dimenticato. Chiuse le finestre ignorandolo.

Aveva letto da qualche parte che la percezione assoluta dei colori non esiste, che tutto dipende dal modo in cui ciò che guardi riflette la luce e dalla sensibilità degli occhi. Questa cosa della sensibilità le sembrava una cazzata. Se lo sentiva ripetere sin da piccola, alle visite mediche in particolare.

Ogni volta che non stava bene i nonni la trascinavano da un tipo che loro chiamavano *lo specialista*. Non le piaceva per niente: quando parlava emetteva parole filamentose legate l'una all'altra da una saliva biancastra. Le chiedeva di tossire a comando mentre un dischetto di acciaio freddo sgusciava sotto la canottiera che Zita, cascasse il mondo, le faceva indossare sempre.

Alla fine della visita la spedivano fuori, un paio di caramelle in mano, dure come la sua pancia.

Lei si appiccicava allo stipite della porta per origliare tutto lo stesso.

"Allora dottore, cos'è che ha 'sta bambina? Mica è l'appendicite?" domandava sua nonna.

"No, l'appendicite non c'entra. La bambina ha mal di pancia perché è troppo sensibile".

"Ma è sicuro? Perché quando nostra figlia Lara era piccola anche con lei tribolavamo con 'sta storia della pancia. Poi le abbiamo fatto togliere l'appendicite e pure l'ernia, vero Tore? E manco più un raffreddore si prendeva".

"Signora, trent'anni fa toglievano tutto quello che si poteva togliere. Le cose adesso per fortuna sono cambiate. Provate con questi. Sono fiori di Bach".

"Fiori? Come sarebbe fiori?"

"Sarebbe che sua nipote è sana come un pesce. Le manca la madre. E forse anche suo padre. Arrivederci".

Sprofondò nel presente e nel divano, sintonizzando la tv su un canale a caso.

Le palpebre iniziarono a pesarle, sfinite dall'insonnia continua. Scivolò dentro il dormiveglia, le sembrò che il soffitto si abbassasse lentamente fino a schiacciarle il naso.

E lì, nello spazio in mezzo, sfilavano la Lancia Prisma del nonno con i sedili *sottovuoto*, un paio di paperine a pois troppo strette che le aveva portato sua madre, le domeniche impastate di attesa e semola. Si alzò di scatto, accese le luci e il bollitore per cacciare gli spettri del passato che erano tornati a trovarla. Spalancò la finestra: il rosa se n'era andato, il cielo era di un arancione vivace. Praticamente identico al golfino esibito da Zita che, sotto casa sua, la stava chiamando a gran voce.

«Mia, apri! Il citofono non funziona!» schiamazzava in mezzo alla strada.

Stupita le aprì e se la ritrovò a borbottare, il respiro affannato sulle labbra rosate.

«È da mezz'ora che mi sgolo qua sotto. Ma che stavi facendo?»

Tutta accaldata iniziò a trafficare con i gambaletti, quelli a cui aveva tagliato l'elastico con la forbice, scesi fino alle caviglie.

Mia avrebbe voluto chiederle tante cose e tutte insieme. Prese un pacco di biscotti e tirò il freno a mano sulla lingua: «Mi sono addormentata. Credo. Ho messo su un tè, lo vuoi anche tu?» Quella era una domanda lecita, neutrale, ci stava.

«Il tè? Alle sette di sera? Con 'sto caldo? Sei proprio strana.»

«Cosa preferisci? Nero, verde, frutti di bosco, gelsomino?»

«Fai tu, tanto uno vale l'altro.»

«No, uno non vale l'altro proprio per niente.»

Zita assaggiò un frollino con aria disgustata. «Sa di cartone. Non è che è vecchio?»

«È senza zucchero. Quelli normali ti alzano la glicemia, lo sai.»

«Ma che, vi siete messe d'accordo tu e tua mamma? Uh, quante storie. Prima o poi tutti ce ne dobbiamo andare e allora tanto vale farlo a stomaco pieno.» Abbandonò il biscotto smangiucchiato sul tovagliolo.

Mia versò il tè nelle tazze, nero bollente, come si sentiva lei. Voleva proprio vedere dove andava a parare sua nonna.

«A proposito di chi va e di chi resta. Sono tanti mesi che tuo nonno se n'è andato, ormai...» Prese un altro biscotto, identico al precedente, senza portarlo alle labbra, mentre quello che Mia aveva in bocca le si impietrì, un blocco di cemento che seppelliva la lingua.

«Tu lo sai che nessuno potrà mai prendere il suo posto, ché quasi cinquant'anni insieme siamo stati.»

Sua nonna adesso gesticolava in quel suo modo esagerato, le sfiorava le mani, i polsi. Lei, quei tocchi nervosi e continui sulla pelle non li sopportava. Prese un cuscino grigio, se lo appoggiò sulla pancia. Zita continuava a picchiettare unghie e parole.

«Pure se lui teneva un carattere mica tanto facile, eh.»

Mia incrociò le braccia sul cuscino, lo pigiò sull'addome più che poteva, ma tanto il codice morso era già in atto.

«Senti, io è un po' che te lo devo dire, Mia... Ho conosciuto una persona. Alle terme dove mi hai iscritta tu, ché alla fine avevi proprio ragione, sai?»

Si alzò e iniziò a sciacquare e risciacquare le stesse due tazze, un numero infinito di volte. L'acqua scorreva insieme ai suoi ricordi: *lo specialista*, le caramelle dure, suo nonno, il profumo della frutta al mercato, un pulcino, l'odore della terra, il vaso, le labbra di sua nonna, quelle dello sconosciuto.

«Si chiama Santo, ha cinque anni più di me» due passi appena e Zita la raggiunse «abbiamo tante cose in comune, parliamo, andiamo a ballare. Ci facciamo compagnia.»

«Se ti fai degli amici a me fa piacere.»

Sistemò le tazze sullo scolapiatti, scesero alcune gocce. Quel ritmo cadenzato le perforava le tempie, si amplificava in testa, sembrava insopportabile. Riprese le tazze, tentò di asciugarle, ma Zita si era presa lo strofinaccio e continuava a farlo svolazzare, tracciando cerchi nervosi nell'aria.

«Veramente non è proprio un *amico*. È qualcosa di più. Stiamo insieme, ecco» confessò.

Mia le sfilò il canovaccio, un movimento brusco, deciso. Asciugò le tazze. Continuò a farlo anche quando non serviva più.

«Io credo che, insomma, dopo tutto quello che abbiamo passato, tutte quelle brutte cose, adesso un po' di rosa ci va, no?»

Zita si era seduta e adesso attorcigliava il tovagliolo, quello con sopra il biscotto rammollito e suo fratello gemello.

Le tazze ora non sgocciolavano più, eppure Mia quella maledetta goccia la sentiva ancora, *tic*, *tic*, *tic*, come se le piovesse dentro.

Fissò di nuovo lo scolapiatti. Tirò fuori tutto quel che c'era, piatti, vassoi, insalatiere. Prese la spugna e ricominciò a strofinare.

«Ma che, ti metti a fare le grandi pulizie adesso? Non mi dici niente di quello che ti ho detto?»

Sua nonna era di nuovo in piedi accanto a lei. Mia sfregò con più energia il fondo di una pentola.

«Cosa ti devo dire? Il rosa a me ha sempre fatto schifo.»

Capitolo 11

1.

Il cielo era di un grigio denso, di quelli che ti colano addosso insieme alle polveri sottili di malinconia che poi non te le levi più. Del resto il colonnello del canale uno l'aveva detto di non fidarsi, ché pure se era fine giugno l'estate ancora non era arrivata. E infatti, la notte appena trascorsa c'era stato un finimondo: lampi, pioggia e vento. Perfino i gerani sul balcone che le aveva portato Santo si erano tutti ribaltati. Ora le toccava rinvasarli, se no poi le zanzare, se qualche sera si voleva mettere a prendere il fresco, le davano il tormento.

Doveva andare a cercare di nuovo terra e vasi, di sicuro al centro commerciale dove lavorava Mia li avevano. Solo che, dopo che le aveva detto di Santo, non si erano lasciate benissimo. Giusto qualche telefonata veloce, *come stai?* E via. Guardò l'orologio, le dieci e mezza, a quest'ora sua nipote era di turno di sicuro. Magari più tardi, magari stasera, tanto non è urgente ché con queste temperature zanzare non ce ne sono. Faccio prima un salto al cimitero, chissà con 'sto diluvio cosa sarà successo. Anzi, faccio in fretta, così dopo vado a farmi la piega dal cinesino e per stasera sono a posto.

Uscì di corsa e intravide la navetta che stava arrivando. Salì con un sorriso di soddisfazione per averla presa al volo, ma anche, e soprattutto, per quello che l'attendeva più tardi. Si accomodò vicino all'uscita, un bel posto che sembrava aspettasse solo lei. Ma sì, pensava sottovoce muovendo le labbra senza accorgersene, coraggio che poi piano piano le cose migliorano pure con Mia. Quella è come il tempo, variabile, che prima era scuro scuro e magari tra poco esce anche un po' di sole.

Alla fermata successiva salì un impermeabile fuori stagione, color carta da pacchi, vecchio come il cucco, di quelli che si usavano almeno vent'anni prima, con dentro quella rinsecchita della Dal Molin. Già tornata. Si vede che anche la sorella non la sopportava più e l'aveva rispedita a casa, pensò Zita voltando la testa verso il finestrino nella speranza di non essere riconosciuta. Macché. La sua faccia spigolosa l'aveva già intercettata e in un attimo ce l'aveva accanto.

«Oh, Zita, ma che bella coincidenza. Stai andando al cimitero anche tu?»

«Ancora non so. Adesso vedo» tergiversò, perché con lei non ci voleva andare proprio.

«Ah, ben ben. Ma se non vai che sei salita a fare?» insisteva quell'altra. «Ormai che ci sei andiamoci insieme, ciò. Siamo porta a porta e il tempo di fare due chiacchiere non lo troviamo mai.»

E per fortuna, pensava Zita tormentandosi il foulard con le farfalle. Adesso questa chi se la scrolla di dosso, peggio della polvere. Mannaggia.

«Ma guarda che bel colore di capelli che ti sei fatta. Chiaro chiaro come le belle tose. Eh, ben, ben. Non come me che sono tutta bianca, ma che vuoi, chi ce l'ha il tempo di andare dal parrucchiere.»

Ma certo, sei troppo impegnata a farti i fatti degli altri, lingua biforcuta.

«Ne hanno aperto uno cinese nuovo. Dopo la stazione. Se vai ti sbrighi veloce.»

«Vedemo, vedemo. Ma invece dimmi, che fine ha fatto tua nipote? Non sta bene? Prima passava tutti i giorni e adesso non si vede più.»

«Ha tanto da lavorare.»

«Ah, ben, ben. Cò 'sti ciari de luna il lavoro xè importante. Xè sempre al supermercato?» e le si avvicinava ancora di più, e con lei l'odore di zeppole fritte che aveva addosso.

Zita annuì, sollevò il foulard a coprire il naso.

«Che peccato, povera tosa. Non ha trovato niente di meglio?»

«Per ora sta lì. A lei piace.»

«Ah, ben, ben, se piace a lei chi dice niente, ciò. Mio nipote Alfonso, il piccolo, ancora non aveva finito la scuola che già la Fiat se lo chiamava. Si è sistemato proprio bene. Quante soddisfazioni che mi dà. Oh, siamo già al cimitero, ben, ben. Quando si fanno due chiacchiere il tempo vola.»

Le porte si aprirono con uno sbuffo identico ai pensieri di Zita. Il cielo era tornato scuro come il suo umore. Scesero l'una accanto all'altra, la Dal Molin si fermò a svaligiare la fioraia costringendola a reggerle il terzo vaso di ortensie che chissà dove aveva intenzione di piazzare.

Varcarono il camposanto in quel modo, lei con la faccia coperta di fiori rosa, l'altra con la variante identica blu e la lingua che spargeva veleno sull'inquilina del piano di sopra che, a suo dire, le sputava sempre noccioli di olive sul balcone.

2.

Mia intravide la sagoma della Mole dall'angolo di via San Massimo. La fissò come un oracolo: aveva voglia di raggiungerla, di arrampicarsi in cima, in punta di fiato. Sapeva che quella vicinanza era solo un'illusione. Come le voci che circolavano, per lo più tra gli studenti, secondo cui salirci portava sfortuna e se lo facevi prima della tesi poi non ti laureavi più. Anche Andrea c'era cascato e fino al suo centodieci si era tenuto alla larga dall'ascensore panoramico e continuava a farlo tutt'ora. Torino era zeppa di riti scaramantici, solo che non li ostentava, come tutto il resto.

Le veniva voglia di iscriversi a una facoltà qualunque e andarsene a studiare là sopra, tutti i giorni, in bella vista, e magari prendersi anche il "pezzo di carta" solo per dimostrare quanto tutti fossero idioti. Ma era un pensiero che accantonava subito, non le interessavano i libri e nemmeno una rivincita su quei cretini e le loro superstizioni. Si fermò accanto alla pensilina, due ragazzi, zaini in spalla e bocche appiccicate, si scambiavano con passione saliva, batteri e chewing gum. Almeno loro avevano l'età giusta per farlo.

Il tram arrivò annunciato dalla cavalcata ferrosa lungo i binari e aprì le porte a soffietto. Era un modello vecchio, i sedili color noce minuscoli, uno dietro l'altro. La coppia-zaino salì mano nella mano, labbra contro labbra.

Mia pensò che in fondo era facile, doveva solo salire tre gradini, appiccicare il naso al finestrino e lasciarsi trasportare fino al mercato di Porta Palazzo, quello dove andava sempre con suo nonno.

Se le ricordava bene quelle levatacce di buon mattino, il caffellatte bevuto di corsa, un po' di nausea che magicamente svaniva non appena le agganciava cintura e seggiolino. La Lancia Prisma carta da zucchero con la plastica trasparente ancora sui sedili.

"Nonno, ma perché non togliamo la plastica dai sedili?"

"Perché a certe cose bisogna tenerci cura, Mia".

I loro sabati si accendevano così, con la musica di sottofondo, sempre la stessa stazione perché l'autoradio prendeva solo Radio Nostalgia. Dopo mezz'ora parcheggiavano in corso Regina Margherita, e si tuffavano tra le bancarelle. Per lei era uno spettacolo continuo: s'incantava davanti alle distese di frutti conosciuti o mai visti prima, il bianco dei finocchi, l'arancio vivo dei mandarini, il marrone croccante delle castagne. Procedeva a scossoni morbidi in quel labirinto, un po' avanti, un po' indietro, guidata dalla stretta sicura del nonno che sceglieva, annusava, contrattava per spuntare il prezzo migliore. Se faceva la brava, le arrivava un rubatà con una fetta di prosciutto intorno che aveva il sapore croccante della gioia.

«Sale?» un vecchietto le urtò la spalla con un grosso, inutile, ombrello. «Sale o no?»

Aveva i capelli di un bianco spumoso simile a quello del tipo che si strusciava sua nonna sotto il portone. La superò sbuffando, le porte si richiusero senza di lei. Il tram ripartì lungo il percorso sicuro tracciato dalle rotaie parallele. Mia restò lì, gli anfibi zavorrati, i piedi troppo caldi, la quotidianità che le pulsava intorno, indifferente, come se lei non ne facesse parte. Le sembrava che tutti gli altri intorno avessero una velocità doppia della sua: il barista con l'espresso, l'impiegato con il trolley, la coppia di turisti che procedevano a passo spedito guardando una mappa capovolta.

Invertì la marcia anche lei. Ci aveva già provato quella mattina, cogliendo al volo quel cambio turno improvviso. Aveva pensato di andare al mercato. Al *suo* mercato. Per fare pace con quel ricordo che le dava il tormento. Non c'era riuscita, ma le restava una seconda opzione. Raggiunse l'inizio di corso Vittorio, dall'angolo si intravedeva il Parco del Valentino.

Inquadrò l'edificio di cemento anni Settanta, un parallelepipedo di sette piani. Sopra l'ingresso sventolavano bandiere stanche e polverose, lo stesso colore del cielo nei giorni a targhe alterne. Scivolò sotto lo sguardo distratto del custode che passava l'aspirapolvere. Prese l'ascensore, pigiò decisa *piano attico*.

3.

Le porte si aprirono, atterrò in un mondo parallelo di vetrate, moquette candida, e piante rigogliose come gli zigomi della receptionist che la fissava con aria interrogativa.

«Desidera?»

«Devo vedere Andrea... Andrea Viotti» dichiarò Mia senza pensarci troppo.

«Il dottor Viotti è in colloquio. Ne avrà per tutta la mattina.»

La tizia riprese a scrivere qualcosa sull'agenda, ignorandola.

«Posso aspettare, non ho fretta.»

«Guardi che gli *assessments* sono piuttosto lunghi, eh...» le stava dicendo ora, setacciandola come faceva Zita con la farina, prima di impastare le orecchiette. Cambiò espressione, o almeno ci provò. Invano. Tutte davano come risultato la stessa, identica, smorfia botulinica.

«Potrebbe volerci tutta la mattina e anche parte del pomeriggio» tentò di liquidarla.

«Non importa. Aspetto comunque.»

«Come desidera. L'accompagno in sala d'attesa.»

La scortò contrariata in uno stanzino buio e minuscolo, che con le sale d'attesa non aveva niente a che vedere. Mia prese una delle riviste impilate su un tavolo di vetro, *Leader di te stesso*, *Talent Pool*, titoli altisonanti per grandi carriere. Pensò alla sua, che si svolgeva dietro un bancone, uno slalom di offerte poco speciali e bollini adesivi per assicurarsi il premio di turno. Posò il giornale, non era roba per lei. Probabilmente ci sarebbe marcita, dentro quel supermercato. Sbadigliò, le notti bianche iniziavano a farsi sentire e per fortuna anche la voce di Andrea.

Vide spuntare il suo ciuffo morbido, rassicurante: «Vada pure. La conosco la signorina.»

«Ah. Davvero?» replicò sorpresa Miss Guance da criceto.

«Venga *signorina*, accomodiamoci nella sala grande» la invitò Andrea, utilizzando un tono professionale che la fece sorridere.

La luce che filtrava dalle vetrate invadeva i terrazzi, rischiarava i tetti. Una cornice fiabesca, irreale, in cui non ti saresti stupita di vedere un gatto sulle tegole o magari uno spazzacamino. Non c'erano, ma c'era lei, maestosa e imponente, sovrana: la Mole, di nuovo. Quel giorno sembrava comparire ovunque. O forse era solo lei che ci girava intorno senza accorgersene.

«Alla faccia del panorama!»

«In effetti non è male.» Andrea si accostò, spalla contro spalla, in una carezza incerta.

«Cavoli, sei diventato uno importante. Non avevo capito.»

«Ma figurati.»

«No, dico sul serio. La tipa là fuori non credeva nemmeno ti conoscessi.»

«Ma no, è che di solito riceve i candidati e tu...»

I suoi occhi scesero sulle ginocchia ossute, scoperte dai jeans. «Beh, tu sei tu.» Sorrise. «E mi sa che non sei qui per un colloquio di selezione.»

«No, infatti.» Mia sospirò, gli occhi fissi sulla Mole. «Mia nonna si è messa con uno. Dice che è una roba seria.»

Andrea le passò un braccio sulle spalle. Non disse nulla, gli sguardi fuggirono oltre le vetrate sui terrazzini a rincorrere la prima danza di panni stesi, il girotondo allegro di primule, viole, gerani. Come facevano da bambini, in quel cortile senza fiori.

Mia spazzò via lo stato di quiete apparente. «Però è così ingiusta.»

«Cosa?»

«La morte.»

Mia allungò la fase di inspirazione. L'aria cominciava a mancarle.

«Arriva di colpo, ti squarcia, ti devasta. Un'esplosione di schegge nel cuore, nella testa. Ti esplodono i ricordi, i tempi, le priorità che avevi fino al giorno prima. Un attimo e ti senti estranea dentro il tuo presente. Un attimo e quella vita non la riconosci più. Ti aggrappi al passato, continui a pensare *non può essere, questo non lo voglio vivere. Non è vero. Fatemi tornare indietro. Fatemi tornare indietro.*»

«Ci sono cose che non possiamo controllare. Accadono e basta. Non c'è spiegazione, Mia.»

«Eh, lo so. Però mio nonno era l'unico punto fermo della mia famiglia. Padre non pervenuto, madre lasciamo perdere. Mia nonna speravo fosse più affidabile. Mi sbagliavo. Morto il nonno è sbarellata anche lei. Alla fine non sono poi così diverse quelle due. Forse l'unica che non c'entra niente sono io, che resto qui a fare i conti con il cuore spappolato mentre gli altri vanno avanti. Come se non fosse successo niente.»

Ripensò al tram che non aveva preso, al mercato di Porta Palazzo, alle parole sconquassate di Zita.

«Ognuno affronta il dolore a suo modo. Tua madre con il lavoro. Tua nonna con l'amore. Ci provano. E forse anche loro fanno i conti con l'esplosione di schegge che hanno dentro, solo che tu non lo sai. La vita continua, Mia. Anche quando non ne hai voglia. Se resti immobile ti passa sopra, ti schiaccia. Devi andare avanti.»

Ripercorse il volto del suo amico: il naso regolare, l'ex ciuffo ribelle ora modellato ad arte, lo spazio tra gli incisivi che lei adorava perché spuntava fuori insieme alle sue risate più spontanee. Lui, invece, lo detestava. L'aveva combattuto a colpi di mostri di ferro tenuti in bocca, testardamente, ben oltre l'adolescenza; alla fine aveva vinto: ora non si vedeva più.

I tratti del bambino che era stato si erano sciolti come quella cioccolata che dividevano in fretta, perché se non la mangiavi subito ti impiastricciava le dita. Andrea era andato avanti. Era diventato un uomo, era uscito fuori da quel cortile in cui giocavano insieme. Lei invece non era diventata niente. Era ancora lì, a cercare l'uscita, intrappolata in quel rettangolo di cemento.

Capitolo 12

1.

Tutto era esattamente come doveva essere: il pizzo candido sfiorava i bagliori perlacei della seta, le commesse volteggiavano nelle bluse color pesca, affaccendate nell'allestimento della collezione *Mariage*. Era un momento delicato, in cui tutte dovevano dare il massimo. Bisognava mantenere calma e professionalità per gestire i capricci vezzosi delle future e ricche spose, pronte a tutto pur di primeggiare sulle altre. Anche, e soprattutto, per quello che avrebbero indossato sotto l'abito nuziale.

Lara si spostò nella parte interna della vetrina per sistemare il volto di un manichino che non aveva la posa giusta. In quel lembo di elegante finzione tra merletti e sete raffinate, mentre cercava la giusta inclinazione di quello sguardo di plastica dalle ciglia piumate, percepì il sapore acido di un ricordo.

Una fotografia dai contorni sformati, come i maglioni che Zita le faceva indossare, quelli che qualche suo cugino alla lontana aveva già messo troppe volte.

Quella storia, e molte altre, non la conosceva nessuno. La cacciò via insieme alla polvere inesistente sulla pelle lattea del manichino.

Venne distratta da un rumore di passi dentro la vetrina. Si trovò di fronte la Morassi finalmente pettinata in modo decente, lo chignon appuntato sulla nuca, la camicia che non le stringeva più il seno come qualche mese prima.

«Lara, scusa. Abbiamo un problema» la stava fissando, lo sguardo tipico dei portatori di sventura.

«Con *quella*...» le indicò una macchia scura tra l'alveare color pesca. «È entrata da quindici minuti. Dice che non vuole niente. Ma non se ne va. Che faccio, chiamo la sicurezza?»

«No, no. Lascia stare. Me ne occupo io.»

Lara abbozzò una calma apparente. «Come stanno i tuoi gemelli, Maela?»

«Be-bene» balbettò la Morassi, che adesso condivideva il suo stesso livello di stupore.

«Meglio così» la congedò con un sorriso finto e rassicurante che sperava nascondesse il pallore che si sentiva addosso. Abbandonò il manichino dalle ciglia piumate a collo in giù, una postura macabra agli antipodi dello charme di Gisèle.

Raggiunse sua figlia a passi lenti, per cercare di distogliere l'attenzione che convergeva tutta in quel punto. Mia sembrava precipitata lì chissà da quale pianeta, i capelli attorcigliati come il lembo della maglia, larga e nera, che stava tormentando.

Mentre avanzava Lara ricordò uno spot che aveva fatto scalpore quando lei aveva più o meno la stessa età di sua figlia: si vedeva una splendida ragazza seduta in un bar di Portofino con un cocktail sul tavolo a cui, non appena si alzava per allontanarsi, restava impigliato un filo della minigonna nella sedia. Lei se ne accorgeva ma proseguiva, e ad ogni passo la gonna si accorciava sempre di più fino a scoprire glutei indimenticabili come il brand che, sul più bello, le si appiccicava sopra. Quella pubblicità aveva marchiato anche i suoi sogni anni Novanta: avrebbe voluto essere come lei, avere quel fascino, quel corpo, quel sedere. E invece il suo, da lì a poco, sarebbe cresciuto insieme alla pancia. E ora che andava incontro a sua figlia percepiva quel filo invisibile tirare, disfare il manufatto che aveva tessuto incessantemente, in tutti quegli anni, per riparare difetti e ferite. La stava raggiungendo, schiena dritta, décolleté rosse, pelle e anima nuda.

2.

Dunque eccola davanti al magico mondo di Gisèle. Quello per cui sua madre le aveva voltato le spalle. Mia riconobbe la G argentata del logo che svolazzava in una specie di ellisse rosa confetto: le dava la nausea solo a guardarlo. La vetrina poi, non ne parliamo proprio: un tripudio ammiccante di tette e culi bianco latte, coperti per modo di dire da qualche centimetro di pizzo dal costo proibitivo. Avesse saputo che costavano così cari se li sarebbe rivenduti su eBay al posto di regalarli ad Andrea. Che poi non sembrava apprezzare più di tanto nemmeno lui. Altro che mercificazione del corpo femminile. Non ci vedeva proprio niente di quell'eleganza con cui sua madre si riempiva la bocca, mentre alla sua, per fortuna, ci pensavano i nonni.

E poi vide Lara dentro la vetrina tra i manichini.

La prima cosa che inquadrò furono le scarpe, alte, altissime, di un rosso deciso che spiccava come se in esposizione ci fosse stata lei. Osservava crucciata il volto inanimato di un manichino, lo girava ora da un lato, ora dall'altro, insoddisfatta, forse, di non poterlo plasmare a sua immagine e somiglianza. Il modo in cui si incaponiva era lo stesso che usava con lei da bambina. Quando spuntava dal nulla in un giorno non programmato, per farle una sorpresa scomoda come le scarpe che le portava in dono e pretendeva indossasse. Questa smania delle scarpe sua madre ce l'aveva sempre avuta e aveva tentato in tutti i modi di trasmettergliela. Si ricordava ancora con fastidio i parallelepipedi di cartone e le veline che avvolgevano ballerine di vernice, sandaletti a pois e scarpe con ridicoli occhietti.

"Hai visto quante belle scarpine ti ha portato la mamma?" cercava di coinvolgerla Zita. Fra nonna e mamma, curiosamente, la trasmissione del cromosoma scarpofilo sembrava avere funzionato. Doveva essere andato in tilt alla terza generazione, visto che lei di giocare alle

scarpe *non aveva mai voglia. Ma bastava che suo nonno Tore, senza staccare gli occhi dall'*Illustrato Fiat, *le dicesse deciso: "Mia, fai la brava" che subito si convinceva. Più che altro perché lui si arrabbiava poco, ma quando lo faceva te lo ricordavi per un bel pezzo.*

Così Mia cedeva. Sfilava le calze antiscivolo e mentre i piedini freddi si infilavano nelle paperine percepiva le prime avvisaglie dello scontro di cui lei, anche quando non voleva, era sempre il soggetto sottinteso.

"Perché non si mette mai le ciabatte?" chiedeva Lara, inorridita dai calzini sudici. "Sono inguardabili quelle calze!"

"Eh, prova a toglierglele tu" rispondeva Zita.

Lei con quelle scarpe assurde e il pigiama addosso si sentiva ridicola. Un cucciolo animale che imparava a camminare. Avanzava con le ginocchia piegate e le gambe leggermente divaricate, i talloni di fuori a schiacciare con forza il bordo delle ballerine che già le sfregava la pelle.

"Non piegarle, così le rovini!" si allarmava subito Lara.

"Mordono!"

"Mordono?" Lara strabuzzava gli occhi. "E cosa sono, pastori tedeschi?"

"Mi fanno male, mi mordono il dietro del piede!"

"Ma se sono un guanto, vera pelle! Prova a camminare, come si deve però!"

E allora Zita correva ai ripari, già vedeva che Lara stava perdendo la pazienza e pure Tore cominciava ad agitarsi sulla sua poltrona di pelle, dietro il giornale.

"Fammi vedere 'sta scarpetta, va'". Ne prendeva una e la rigirava tra le mani. "Bellina, proprio". Poi guardava il numero. "Ho capito! Sono un trenta, Mia porta il trentadue ora. Saranno piccole".

"Il trentadue? Ma non è troppo per una bimba della sua età?"

Lara aveva guardato la scarpetta incredula e poi le dita scoperte di Mia sul pavimento. Fissava sua figlia, le cosette secche, la pancia, il petto, il collo, gli occhi arrabbiati.

"È cresciuta tanto dall'ultima volta, non è che ha la scoliosi?"

Zita, prima ancora di risponderle, aveva sentito cadere le gocce. Quelle grandi, che non ti danno il tempo, perché mentre ti accorgi che sta piovendo sei già tutto inzuppato. Tore si era alzato dalla poltrona.

"La bambina sta benissimo. Cresce come deve crescere".

Tore aveva raccolto le ballerine e le aveva gettate nel bidone dei rifiuti, sul balconcino.

"Vatti a vestire, Mia, andiamo a comprare i funghetti al cioccolato".

Quella visita a sorpresa era finita con sua madre che se n'era andata senza assaggiare nemmeno un pasticcino, lei che aveva mal di pancia perché ne aveva mangiati troppi, e Zita che imbottiva di carta le paperine recuperate dalla spazzatura, nella speranza che si allargassero almeno un po'.

L'inquadratura delle scarpe rosse di sua madre nella vetrina la catapultò in un presente stretto come quelle dannate paperine. Che adesso le toccava indossare. Aprì la porta ed entrò, subito avvolta da uno sciame di *belle in rosa*, con quelle camicette vomitevoli da cui si intravedevano gli stessi reggiseni esposti in vetrina. Le commesse le volteggiarono intorno, suadenti e appiccicose: *benvenuta da Gisèle, posso aiutarla? gradisce ammirare qualche capo della collezione vintage?* Le parve di essere finita sul set di una soap opera, quelle di cui Zita non si perdeva una puntata, dove spuntava sempre a un certo punto un letto con lenzuola di seta per farci rotolare dentro i protagonisti.

«Do solo un'occhiata» cercò di dissuaderle, ma quelle la monitoravano a vista.

Fino a quando una di loro andò a chiamare sua madre in vetrina e Mia la vide sbiancare di colpo. Qualche attimo dopo le andava incontro a passi più lenti del solito, forse per lo choc di trovarsela lì, a infestare il suo regno.

«Mia, ma che... sorpresa!» l'accolse, con un tono che diceva il contrario.

Con il braccio la spinse leggermente verso un'area riparata dello show room.

«Che accidenti ci fai tu qui?»

«Non ho saputo resistere all'affascinante richiamo della collezione *Mariage*.» Mia pizzicò il bordo di un bustino in macramè con tanto di cartellino *ricamato a mano*.

«Sarebbe bene che tu non toccassi. Proviene da una collezione privata, è da esposizione. Ne esistono solo cinque in tutto il mondo» la rimproverò sua madre allontanandola prontamente, come si fa con i bambini.

«Meno male perché fa abbastanza schifo, sembra già vecchio.»

«Non è vecchio, è vintage.»

«Il concetto è sempre quello. Ma, in ogni caso, sono qui per un'emergenza. Seria. Si tratta di nonna.»

Mia non sapeva quante sfumature di bianco potessero esistere: certo era che l'incarnato di Lara assunse la più chiara di tutte, in un accordo perfetto con il bustino da collezione.

«C'è un bar appena girato l'angolo. Andiamo.»

Le acciuffò un gomito e, incurante degli sguardi attoniti delle *peschine*, la trascinò fuori a passo svelto.

3.

Lara puntò dritta l'ultimo tavolino in fondo, seminascosto dalla porta della toilette.

Vibrava d'ansia in modalità silenziosa, come la sua coppia di smartphone. Ordinò due centrifugati a caso. Mia la guardava con aria di sfida, lo zaino rosso buttato sul tavolo, le braccia conserte stravaccate sopra.

«Quello sarebbe meglio appenderlo al gancio portaborse» le indicò un punto sotto il tavolo.

Sua figlia non si mosse. Si limitò a fissarla con quel broncio che le dava i nervi.

«Allora, vuoi spiegarmi cos'è successo?» tentò di andare oltre, cercando di dare un senso a quell'incontro e di non perdere troppo tempo.

«La nonna si è messa con un tipo. Dice che è una cosa seria.»

«Ma chi? Quello delle terme?»

«E tu come lo sai?»

«Mi ha chiamata ieri» rispose, controllando le notifiche sui cellulari, con aria sollevata come se l'allarme fosse già rientrato. «Dice che è un brav'uomo. Un tipo a posto, per bene» aggiunse.

«Ah, certo! Ovviamente questo è quello che dice lei...»

Le dita di sua figlia adesso avevano preso a tormentare la punta dei *dreads*. Forse la preferiva con il broncio e le braccia incrociate.

«Beh, mi pare abbastanza grande per poter scegliere da sola chi frequentare.»

«Dici così perché ti fa comodo. Così hai meno rogne da gestire e puoi pensare solo a te stessa. Come hai sempre fatto, del resto.»

Lara piegò paziente gli angoli del tovagliolo di carta. Meglio fare un origami che mollare due schiaffi a sua figlia. Quella rabbia primitiva, così infantile, la infastidiva. A ventidue anni lei era già madre, Mia invece era ancora un impasto arruffato di contraddizioni, insicurezza, ansia, gelosia, menefreghismo, rabbia.

«Se non ti spiace, alle mie rogne, come le chiami tu, dedicherei un capitolo a parte in un secondo momento.»

«Sai che ti dico? Ho fatto male a venire fin qui. Non so davvero cosa mi è preso. Torna al tuo lavoro, io tolgo il disturbo.»

Si alzò di scatto, lo zaino urtò il bicchiere con il centrifugato, il tavolo si inondò di una poltiglia a grumi verdi e gialli. Lara afferrò i tovaglioli a manciate cercando di arginare il pantano vitaminico.

«Hai combinato un disastro!»

«E tu per rimediare stai disboscando una foresta!» Mia le strappò i tovaglioli dalle mani.

«Smettila, siediti, non fare la bambina!» la rimproverò, aspra come il succo agrumato che ora le stava gocciolando sulle scarpe.

Dal tavolo accanto volteggiarono alcuni sguardi curiosi. Stavano dando spettacolo. Un cameriere si affrettò a pulire tutto. Lara si ricompose sperando che sua figlia, almeno per una volta, la emulasse. Qualche minuto dopo atterrarono sul tavolo pulito due bicchieri dal contenuto identico a quello versato.

«Ascolta, qui mi conoscono tutti. Hai preso un treno per parlarmi, risolvere la questione. Quindi adesso non essere impulsiva come al solito. Cerchiamo di parlare con calma.»

Lara spense i cellulari, assaggiò il centrifugato, restò in silenzio qualche istante. Attese.

Mia esitò ancora, lo zaino le penzolava dal gomito con una macchia verde che prima non aveva. Lo appese alla sedia, la spostò, tornò a sedersi, i gomiti di nuovo sul tavolo.

Lara non disse niente. Lasciò che sua figlia le raccontasse quello che aveva visto e della visita di Zita. Notò che, mentre parlava, rimbalzava le parole da una guancia all'altra, come faceva da piccola con i bocconi troppo caldi per raffreddarli un po'. Contorceva le dita esili, le unghie tutte rosicchiate, apriva e chiudeva i pugni come volesse miscelare aria e rabbia. Il tratto spesso di eye-liner sugli occhi ancora da bambina, la bocca bella e piena, che ammorbidiva il broncio che si portava attorcigliato addosso come i capelli.

Aveva lo stesso sguardo smarrito che indossava al funerale di Tore, insieme a un abito nero troppo largo, una rosa rossa a stelo lungo tra le dita, i *dreads* raccolti per dissimularne la vera natura. Quel giorno Lara non era riuscita a consolarla. E nemmeno quelli dopo. Il dolore le si era annidato dentro. Aveva reagito nell'unico modo che conosceva, ripartendo la sera stessa per Milano. Era scappata via, ancora una volta, lasciandola sola.

Ma adesso sua figlia era lì davanti a lei. Tornò al presente, la lasciò parlare. Mentre si sfogava sentì uno strano sfarfallio allo stomaco, un'onda di nausea. Forse non aveva digerito il centrifugato, forse il senso di colpa.

4.

Zita ammirava pacifica l'ultima diavoleria moderna approdata in casa di Caterina: una poltrona di quelle che vedevi sempre in tv, con tutti i pallini che ti massaggiavano la schiena. Carlo Maria l'aveva fatta recapitare a sua madre per scusarsi dell'ennesimo pranzo saltato. Se funziona e fa passare i dolori, al posto di andarmi a fare la fisioterapia, ché mi devo anche prendere due pullman, me ne vengo qui, rifletteva muovendo le labbra nel suo solito modo. Sfogliava il manuale di istruzioni che, come quella serata, prometteva meraviglie: Santo avrebbe cenato con loro, una specie di presentazione ufficiale alla vecchia maniera per la sua migliore amica, visto che Caterina alle tradizioni ci teneva. Adesso infatti era in cucina che trafficava come se avesse dovuto sfamare un reggimento.

Vediamo se ha bisogno di una mano, va'. Lasciò a malincuore la poltrona e si affacciò nella stanza accanto: il timer suonava, ma Caterina, occhi fissi sullo schermo ultrapiatto, pareva non accorgersene. Sembrava ipnotizzata dalla danza luminescente delle meduse e dalla voce fuori campo che dalla tv dispensava nozioni sulla loro capacità di brillare al buio.

«Caterina, ma che fai? Bruci la cena per guardarti le meduse?» domandò allibita. Che ci trovava di bello in quei documentari, proprio non lo capiva. A lei facevano venire solo un gran sonno.

«No, no. Adesso sforno» e subito s'infilò il guantone imbottito.

«Ma tu lo sapevi che c'è una specie di meduse che con il passare del tempo al posto di invecchiare ringiovanisce?» spiegò Caterina con un fare tutto poetico che chissà da dove saltava fuori.

«Eh, sarà per quello che non muoiono mai, allora. E manco più il bagno al mare tranquille ci possiamo fare. Sono dappertutto. A me fanno senso solo a guardarle» Zita scosse il capo schifata.

La danza abbagliante dei tentacoli venne interrotta da uno spot pubblicitario di biscotti con le gocce di cioccolato in offerta speciale fino a fine mese. Zita si ringalluzzì di colpo: «Uh, guarda. Ci sono i frollini con lo sconto. Mia va pazza per quelli. Devo dire a Santo di accompagnarmi al supermercato così mi faccio la scorta.»

Caterina comprese che la parentesi meduse finiva lì e tornò al polpettone.

«A proposito di Santo. Sta arrivando? È quasi pronto.»

Zita guardò l'orologio con i numeri grandi. «Veramente doveva già essere qui. Sta finendo quella cosa in garage. Che cosa vuoi, io il cuore di farlo da sola proprio non ce l'avevo.» Si rabbuiò un istante.

«Su, non ci pensare ora. Oggi è un giorno di festa» la rincuorò l'amica. «Anzi, perché non provi la poltrona di Carlo Maria? Così capisci bene come funziona e poi magari mi ci metto pure io.»

Zita non se lo fece dire due volte, tornò dall'altra parte a sprofondare in quella culla soffice, premendo i tasti a caso del telecomando perché si era stufata di leggere tutto quel malloppo di istruzioni. Ogni tasto una scoperta: «Ma guarda, così viene fuori l'appoggiapiedi. E con questo si abbassa lo schienale! No davvero, Caterina, vedi che se questa non la usi me la porto via io» rise, felice come una bambina nel suo luna park personale.

«E se ti piace tanto poi vediamo. A me viene il mal di mare solo a guardarti che fai su e giù.»

Il campanello annunciò l'arrivo di Santo che portava in dono paste secche e una pianta di gelsomini. Caterina ringraziò e lo accompagnò in salotto, dove Zita vibrava felice insieme ai pallini rotanti.

Con la scusa di sistemare gli ultimi antipasti, Caterina li lasciò da soli qualche minuto.

Chiuse la porta a scrigno, allineò i rubatà sul vassoio e ripensò alla storia delle meduse, ai nuovi cicli di vita.

Sentì Zita scherzare nella stanza attigua con Santo. Guardò i gelsomini e sorrise. Lo sapeva bene che quella gioia non era certo merito della poltrona shiatsu.

Capitolo 13

1.

«Aspetta, fammi capire...»

Andrea guardò l'amica, solita aria crucciata, spalle strafottenti sul cancello di quel cortile che entrambi conoscevano bene.

«Sei saltata sul treno e ti sei presentata in negozio da tua madre?»

«Sì, volevo che sapesse di tutta questa storia. Ma non so se ho fatto la cosa giusta. Mi ha dato la sensazione che pensasse più al pizzo e ai cazzi suoi.»

Mia scosse le spalle e iniziò a trafficare con la maniglia. Quella porta nei suoi ricordi aveva sempre colori più sgargianti della realtà: se la ricordava dorata e scintillante, mentre ora che la vedeva dal vivo dopo un bel po' di tempo se la ritrovava grigio piccione. Era la stessa che quando loro erano piccoli sembrava aprirsi solo con una combinazione quasi magica, conosciuta da pochi bambini: mezzo giro a destra, mezzo a sinistra, tirare indietro, spingere avanti, dare una spallata.

Le piaceva pensare che quello fosse una specie di codice segreto, fissato dall'Universo, per proteggere il loro regno dei giochi dagli altri condomini che inquinavano di motori e rimproveri la sua spensieratezza. Quando ancora pensava di possederne una.

«Da quando ci siamo viste non ha mosso un dito. Al contrario di mia nonna. Caterina mi ha detto che la scorsa settimana hanno fatto una specie di cena di fidanzamento. Con quello lì.»

Osservarono il graffito di un pene sorridente che imbrattava il muro.

«E lei cosa ne pensa? Ti ha dato un suo parere?»

«Sai com'è fatta Caterina, riservata, composta. Non dice mai una parola fuori posto, su nessuno, figurati su di lei. Però secondo me non le fa piacere. Una cosa del genere non è nel suo stile. E non pensavo fosse nemmeno in quello di mia nonna. Ma ho sbagliato, come al solito.» La chiave finì di girare. Mia diede una spinta forte e decisa; con un cigolio lamentoso il cancello si aprì.

«Secondo me questo PISELLO FELICE è dipinto di fresco» valutò Andrea fissando la scritta.

«Figurati! Questa sta qui da almeno due settimane. Si vede che il tuo occhio non è più allenato. Ormai sei un uomo della city.»

Guardò il completo antracite su cui spiccava una cravatta bordeaux, annodata alla perfezione. Vederlo vestito così, in quel posto in cui avevano scorrazzato da piccoli, era strano: si aspettava quasi che da un momento all'altro si sbottonasse la camicia per mostrarle sotto la maglietta con lo stemma di un supereroe.

«Sono venuto direttamente dall'ufficio. E tra poco vedo i colleghi. Anzi, se vuoi venire c'è anche Enrico. Mi chiede spesso di te, sai?»

«Immagino. Una tipa con il cagozzo nel pieno di una cena di fighetti non è che te la scordi tanto facilmente.»

«Vieni e lo scoprirai.»

«Non ci penso nemmeno.»

«Ovviamente. Forse dovrei proporti le *merende sinoire* con le settantenni. Avevo dimenticato che sei una ventiduenne anomala.»

«E io che sei uno scassacazzi. Comunque siamo qui per altro, te lo ricordi, vero?»

«Ovviamente. Mi hai mandato... aspetta fammi controllare... ecco, trentasette whatsapp per specificarmi il motivo.»

«Meglio uno in più che in meno. Ci vuole precisione. Soprattutto quando si agisce in incognito.»

Mia avanzò cauta nella mezzaluna di cemento irregolare, circondata dalle porte dei garage, che ciascun condomino si era dipinto del colore che più gli andava. Suo nonno Tore, invece, l'aveva lasciata del blu originale che ogni tanto rinfrescava. Quello era il suo spazio, lei poteva entrarci solo ogni tanto a patto che rimanesse ferma sulla piccola sedia di paglia rossa, perché c'erano troppi attrezzi e pericoli. Lo ammirava muovere le dita per modellare il ferro e ridisegnarlo in qualcosa che lei non avrebbe mai immaginato. Aveva una radio nera, di quelle di plastica con la manopola, se l'era appesa a un gancetto e gli bastava quella per tenergli compagnia anche d'inverno quando, dalle cinque in poi, non si vedeva più anima viva e quelle che passavano al di là del cancello era bene far finta di non vederle. Ma a lui non importava, non aveva paura né del buio né della solitudine, che poi, a pensarci bene, non erano così diversi.

E adesso sopra quella porta c'era un cartello di un arancione orrendo che la faceva attorcigliare di rabbia. Come le sette lettere che componevano la parola stampata sopra: VENDESI.

Restò a galleggiare tra i ricordi, le chiavi serrate nel pugno, a un passo dalla porta blu.

«Lo sapevo. Lo sapevo.»

«Adesso cosa facciamo?»

«Entriamo. Poi mi farò venire qualche idea.»

«Sembriamo due ladri, Mia. E se torna tua nonna?»

«No, è fuori con quell'altro.»

«E tu che ne sai?»

«Li ho visti dal bar cinese, quello nuovo, che hanno aperto di fronte al posto del Poker.»

«Ma che fai? Li spii?»

Lei scosse le spalle.

«Se siamo arrivati a questo punto è perché non l'ho fatto abbastanza. Vediamo se queste chiavi aprono ancora.»

Fu così. La porta venne aperta e subito richiusa alle spalle. L'odore di umido e passato s'infiltrò in quel presente ancora da mettere a fuoco. Mia premette a vuoto l'interruttore sulla parete.

«Non si vede niente, la luce deve essere staccata.»

Fece qualche passo in avanti, tastando qua e là, secondo un ordine casuale di memoria. Proseguì ancora in quello spazio che le sembrava troppo ampio e privo di ostacoli. Un passo, due, tre, dieci. Niente sembrava corrispondere ai suoi ricordi. Com'era possibile?

«Aspetta Mia, ci penso io.»

Sentì alle sue spalle la voce di Andrea che trafficava con il cellulare. Qualche istante dopo dal suo palmo vibrò un fascio di luce artificiale, come se i superpoteri adesso li avesse davvero.

Ma quello che vide non le piacque per niente. Restò pietrificata a osservare l'interno del garage. Vuoto.

2.

Lara girò dubbiosa il cucchiaio nel centrifugato, lo stesso che aveva ordinato qualche settimana prima con Mia. Non sapeva nemmeno perché era tornata, e ora era lì insieme a quell'intruglio disintossicante e una fetta di crostata crema e mirtilli, con panna inclusa. La desiderava pur sapendo che le avrebbe fatto male. Come gli incontri con Spaccacuore, come quelli con tutti gli altri.

Ma quel modo di giocare con il sesso la intrigava, dolorosamente. Le piaceva come il rossetto rosso, vivo e sfacciato, che adorava da ragazza. Fino a quando si era accorta che sbavava agli angoli delle labbra, le deformava il sorriso in una ferita inconsapevole.

L'aveva gettato via. Quando si era guardata allo specchio senza quella luce cremisi sulla bocca si era sentita nuda, spenta.

Poi aveva incontrato il padre di Mia e quel rossetto aveva perso ogni importanza.

Allontanò il passato. Doveva occuparsi del presente, di tutto quel caos che combinavano madre e figlia. E poi c'era quel ritardo. Guardò il calendario fitto di annotazioni, riunioni, meeting, scadenze. E quella casella vuota, una data già passata da tre settimane. Che per i Gemelli fosse un periodo complicato Anna Cecchini lo aveva previsto. Stava crescendo quella ragazza, e adesso oltre ad essere più attenta sul lavoro faceva previsioni astrali attendibili. Se continuava così, chissà, magari la promuoveva *team leader*, almeno oltre agli oroscopi avrebbero condiviso le pressioni del direttore commerciale che ultimamente la tormentava. Doveva essergli arrivata qualche chiacchiera di troppo sulla gestione delle sue pause pranzo o forse su quella strana ragazza con i *dreads* spuntata dal nulla in negozio. Estranea a tutto, come lei in quel momento, da sola al tavolino di un bar, un dolce troppo calorico all'ora dell'aperitivo. Da dove arrivava quel turbamento? Avvertì uno strano prurito che le risaliva il collo. Lo ignorò, si riempì il cucchiaino di dolce e lo portò alle labbra con voracità inusuale. Quando stava per raccogliere anche la panna ormai sciolta il cellulare vibrò. Lampeggiò un nome che conosceva bene. *Vieni subito. Ti aspetto. Il posto lo sai.* Il messaggio non diceva altro.

Capitolo 14

1.

Caterina le scarpe le comprava solo al Calzaturificio Pautasso a Torino, in corso Vittorio Emanuele. Zita non capiva questa ostinazione, Scarpe&Scarpe per lei andava benissimo, ma la sua amica, fedele alle tradizioni, voleva andare solo da loro, perché quelli erano artigiani dal 1915, come dichiarava il logo. E si vedeva, in effetti. Bastava aprire la porta del negozio per fare un salto indietro nel tempo: moquette rossa, sedie di legno lucido disposte in cerchio, vetrina a parete e macchina da cucire d'epoca, una Singer nera che Zita aveva subito riconosciuto. Caterina diceva che quelle scarpe duravano tutta la vita. Dettaglio che, fosse anche stato vero, nel suo caso non aveva grande importanza, visto che se ne comprava un paio al mese. Ma quasi tutte uguali: mezzo tacco, di vernice o scamosciate, preferibilmente con la fibbia o chiuse con i laccetti. Nemmeno d'estate si metteva un bel sandalo, aveva la mania di tenere i piedi coperti in tutte le stagioni. Come se scoprirli non fosse elegante, soprattutto alla loro età. E dire che da Pautasso modelli bellini ne avevano. Come i sandali in pelle rossa, incrociati davanti, con il tacco bello alto che Zita aveva adocchiato già in vetrina.

«Se desidera può provarli, signora» la invitò la commessa, gentilissima, come capitava sempre nei negozi in cui Caterina era cliente di riguardo.

«Sono il modello di punta della nuova collezione *Tramonto d'estate.*»

Zita si immaginò con quel bel vestito bianco a fiori rossi, i capelli biondi tirati su morbidi, gli orecchini di rubino e *Tramonto d'estate* ai piedi: avrebbe dimostrato minimo dieci anni in meno dei suoi sessantotto, che già portava benissimo. Immaginò il volto di Santo che l'aspettava davanti al portone con una rosa bianca nel taschino del completo gessato, quello aviazione, che le piaceva tanto.

"Sei troppo bella così. Non posso portarti a ballare. Se no gli altri ti mangiano con gli occhi".

Glielo diceva di tanto in tanto, quando cambiava qualche piccolo dettaglio, il colore dell'ombretto, un'acconciatura. Poi le faceva il baciamano. Lei rideva, si metteva le mani sui fianchi morbidi e lo provocava.

"E dove mi vorresti portare, allora?"

"Ovunque tu voglia, *ma chérie*".

Quindi Santo le faceva fare una mezza giravolta davanti al portone. Ed era come se quel volteggio cancellasse il muro imbrattato di scritte dietro le sue spalle, la fioriera con le primule strappate, gli occhi indiscreti dei vicini curiosi, stanchi o indifferenti, di chi non aveva nemmeno più la forza di invidiare qualcun altro.

«Che ne dici di queste?» Scivolando sulla moquette senza fare quasi rumore, Caterina le sfilò accanto con il paio di scarpe prescelte.

«Eh, che dico, che dico.»

Zita appoggiò *Tramonto d'estate* in cima alla pila di scatole e tornò a concentrarsi sull'amica.

«Che sono uguali a quelle del mese scorso. Ma perché non cambi un poco, Caterina? A me 'sto modello mi mette una tristezza, che ti devo dire.»

«Davvero? Io le trovo eleganti.»

«Eleganti? A me sembrano un poco da vecchia, ma fai tu. I gusti sono gusti» e tornò ad ammirare *Tramonto d'estate.*

2.

No, Torino non era decisamente una città a misura di tacco.

Attraversare piazza San Carlo, con tanto di trolley al seguito, senza slogarsi una caviglia era praticamente impossibile.

Mentre monitorava ogni passo sui sandali lilla, tacco quindici, puntando verso le bande lisce che interrompevano il cruciverba di sampietrini, Lara pensava che quella fosse la dimostrazione di quanto ormai si sentisse straniera in patria.

L'ultima volta che aveva passeggiato per quelle piazze aveva circa la metà dei suoi quarantadue anni, indossava sneakers e jeans, e aveva faticato molto meno.

Certo, poteva spostarsi sotto i portici, scivolare lungo le vetrine a cinque stelle di Armani, Prada, Gucci, Cartier. Ma attraversare la piazza verticalmente, su quei tacchi sottili e testardi, le trasmetteva un benefico senso di onnipotenza, rinvigorente come l'espresso preso in albergo poco dopo l'alba.

Torino si svegliava e lei era rimasta a guardarla dalla finestra per riappropriarsi dei colori, dei rumori, degli odori. Ma niente, quella città non le apparteneva più.

E nemmeno il suo tempo, visto che quel fuori programma le aveva fatto saltare una serie di appuntamenti. Compreso quello con il medico da cui non voleva andare. La croce verde di una farmacia lampeggiò accanto al cartello dei taxi, invitante, come se avesse letto i suoi pensieri. Okay, niente medico, ma poteva fare da sé.

Quanto ci sarebbe voluto in fondo? Non più di quindici minuti fra tutto.

Il tempo di entrare, comprare il test, scivolare nel bar accanto, entrare nella toilette, fare quello che doveva e aspettare il verdetto. Che non voleva sapere. Per quello aspettava, temporeggiava, rimandava.

Proprio lei che l'attesa non la sopportava.

Quei giorni di ritardo li aveva mescolati uno a uno alla sua vita quotidiana, ignorandoli, come si fa con un corteggiatore non gradito nella speranza che desista, che si smaterializzi da un giorno all'altro.

Aveva continuato a correre sul tapis, a bere centrifugati, a lavorare giorno e notte. Anche se ogni tanto, di sfuggita, si sfiorava l'addome con il palmo della mano e un po' si preoccupava. La commessa astrologica aveva preannunciato un'estate atipica, ma probabilmente perché oltre a leggere gli oroscopi sincronizzati buttava anche un occhio alle previsioni del colonnello del canale uno. Pensò alla sua faccia, a quella che avrebbero fatto le altre *peschine* e soprattutto il direttore commerciale se sullo stick appena comprato fosse apparsa una bella linea rossa.

Gli sarebbe venuto un colpo. Anche a Zita, sicuro. Di Mia nemmeno a parlarne, visto che le ricordava in continuazione quanto avesse fallito come madre. Per sua figlia, lei e il suo senso materno erano due perfetti sconosciuti. Figuriamoci se le avesse detto che era incinta.

E poi era fuori di testa già abbastanza, senza bisogno del colpo di scena. Vaneggiava via sms di garage vuoti, di follie di sua nonna, di cose rosa che vedeva dappertutto. Le era toccato partire di corsa per Torino per vedere che diamine stava succedendo.

Cacciò il test in borsa, prese il primo taxi della fila, si rese conto che era dannatamente lento. Sfiorò di nuovo la scatolina che aveva in borsa. Stasera, pensò, stasera con calma. Adesso ho un'altra questione da risolvere. Dal finestrino apparvero i marciapiedi rossi, il parco giochi con il giardino spelacchiato, la piazza del mercato con in mezzo i bagni pubblici e la data fresca di un nuovo murale, una ragazza, capelli lunghi e occhi spenti, che la fissava come l'ombra di un cattivo presagio.

L'auto si fermò davanti alla panetteria Delizie dal forno, la proprietaria imprecava in diretta, lo sguardo attonito su un disegno osceno.

«Vandali! Non si può andare avanti così, l'abbiamo pulita la scorsa settimana! Che quartiere di merda!» La piccola folla in attesa di pane e latte sul marciapiede le dava ragione.

Fortunatamente quello non era più un suo problema. Fissò l'insegna lampeggiante del bar di fronte. Dalla vetrina intravide Mia che si arrotolava i capelli con le dita. La stava aspettando.

3.

Da quando lo avevano preso in gestione i ragazzi dagli occhi a mandorla, l'ex Poker bar funzionava a pieno ritmo. Quasi ininterrottamente come le luci dell'insegna psichedelica che lampeggiava ventiquattro ore su ventiquattro. Ma 'sti cinesi non dormivano mai?, pensò Mia. Forse la notte gli serviva per fabbricare panini e cornetti sintetici. Seduta su un'anonima sedia di plastica bianca, le gambe rannicchiate, si era incantata a fissare le lampadine pulsanti: le usavano anche nella pizzeria cinese che piaceva da matti a sua nonna Zita. Non ne capiva il motivo, non era Natale, no? Un po' come non aveva capito la domanda sul frullatore, quella di cui le aveva parlato Enrico alla famosa cena.

Ogni tanto ci pensava. Alle risposte giuste. Alle domande sbagliate. A lui.

Se fosse stato lì gli avrebbe detto che sapeva benissimo come doveva sentirsi l'omino minuscolo mentre le lame cominciavano a girare. Esattamente come lei, in quel momento. Che guardava il portone di sua nonna in attesa di sua madre.

La porta del locale si aprì e tutti si voltarono verso la donna avvolta in un tubino viola. Anche Mia fece lo stesso e la prima cosa che inquadrò furono i sandali vertiginosi che sfoggiava sua madre. Un'altra cosa che non capiva era come diavolo facesse lei, in qualsiasi luogo e circostanza, a camminare sui trampoli. Pur di ribellarsi al suo metro e sessanta scarso avrebbe calzato qualsiasi cosa. Era fatta così, piegava il destino alla sua volontà. Quasi sempre.

«Ciao mamma» la salutò, mentre le andava incontro superando un girello di snack ai gusti assortiti.

«Ciao.» Lara le sorrise, si accomodò in punta di sedia, la borsetta poggiata sulle ginocchia scoperte dall'abito viola. Teneva le mani giunte e sollevate, come un gesto di preghiera; sapeva benissimo che era il suo modo di tenersi a distanza dalle tovagliette di plastica aromatizzate al petrolio.

«Potevi scegliere un posto migliore...»

«Non siamo venute a prenderci il tè. E da qui si vede bene» Mia indicò la vista diretta sul portone rosso in cui abitava Zita.

Lara incrociò le gambe e sollevò i sandali, attenta a non sfiorare il pavimento che mostrava inquietanti bordi neri tra una piastrella e l'altra.

«Ora capisco. Ti apposti qui per spiarli?»

«Non mi apposto proprio per niente. Sono state solo coincidenze.»

«Parecchie, a giudicare dalla quantità di foto che mi hai mandato.»

Sua madre stese un paio di kleenex e ci appoggiò sopra la coppia di inseparabili smartphone. Le ricordavano i pappagallini che si scelgono e restano insieme tutta la vita. Molto più fedeli di lei. E anche di sua nonna.

«Qualcuno deve pur prendersi cura di lei, no? Capire cosa sta combinando. Perché le cose qui secondo me le sono sfuggite di mano. Parecchio. Altrimenti tu ora non saresti qui.»

«Ecco, invece ci sono. E vorrei capire con calma perché...»

Mia non la lasciò terminare. Non c'era più tempo da perdere. Sfilò il suo cellulare dalla tasca, lasciò scorrere le dita sopra, focalizzò l'immagine e la ingrandì.

«Perché mi sono allarmata? Te lo spiego subito, anzi guardalo da te.»

Sua madre strizzò gli occhi. E ancora non le aveva mostrato il pezzo forte.

«Hai visto? Ha svuotato il garage!» affiancò il suo cellulare alla coppia di sua madre.

«Non c'è più niente. Niente. Si è liberata di tutto e ci ha messo sopra un bel cartello VENDESI.»

Vide il suo volto oscillare dalle foto al portone rosso di fronte, quello in cui anche lei era cresciuta.

«Cazzo...» Lara imprecò e subito si coprì le labbra con la mano.

«Ecco, sì. Mettiamoli al plurale e iniziamo pure a smazzarceli» disse Mia a voce alta, mentre il cinese si avvicinava per l'ordinazione.

Lara chiese un caffè, tutta rossa in volto, l'eye-liner che rimbalzava su e giù a un ritmo forsennato, come la sua vergogna per aver usato lo stesso linguaggio di sua figlia. Lei che era lì per mettere ordine, per risolvere le cose con calma, adesso si metteva a parlare come una camionista. Era già *contaminata*. Pensò che tornare indietro, smarrirsi nella nebbia densa e fitta che da settembre a marzo scendeva giù come un sipario nel luogo in cui era cresciuta, era un soffio. Non ci voleva nulla per affondare di nuovo in quella che un tempo chiamavano *terra del nulla*, una manciata di terreni paludosi tra due fiumi. Perché quel luogo non significava niente, non valeva niente, come la gente che ci cresceva. Questo era quello che pensava lei, questo il motivo per cui se ne era andata via. Aveva ricominciato, altrove. Anche se in quella *terra del nulla* ci aveva sepolto un pezzo di lei. Che le sembrò di rivedere proprio adesso, negli occhi arrabbiati di sua figlia. Passato e presente si sciolsero nella stessa incertezza. Quel vuoto dentro, fuori e tutt'intorno che aveva percepito tante volte e ora si stava ingoiando anche Mia.

Il cinese poggiò una tazzina con l'impronta di un rossetto non suo.

Lara osservò il rigagnolo scuro che ci galleggiava dentro. Le salì a tradimento un moto di nausea, insieme al caldo infuocato che arrivava nello stesso modo.

«Andiamo...» si alzò in piedi troppo in fretta. Oscillò sui tacchi incerta, avvolta da una vertigine.

«Di già? Ma se non abbiamo ancora deciso come...» Mia smise di parlare. Guardò sua madre senza capire. «Non stai bene?»

«È solo il caldo...» mentì Lara.

Un istante dopo erano sotto il portone, avvolte da un silenzio incerto.

Capitolo 15

1.

Zita rientrava a casa pacifica, una cassetta di fragole e la borsa con dentro i sandali che alla fine si era comprata da Pautasso mentre Caterina pagava le solite mezzo tacco con i laccetti. E cosa ci vuoi fare, certe cose non cambiano mai, le amiche te le devi tenere anche se gusto non ne hanno e poi quella si preannunciava una giornata favolosa e... Inciampò nel bel mezzo dei suoi pensieri ottimisti non appena vide due sagome, una scura e l'altra viola, piantonate sotto il suo portone. Questa è bella. Figlia e nipote. Insieme. In un giorno feriale. Adesso sì che nevica rosso, mi sa. Certo a giudicare dalla faccia tirata che hanno mi sa che non sono qui per una visita di piacere.

«Ma che ci fate qui? È successo qualcosa?»

«Ciao mamma. Magari ne parliamo sopra?» le disse Lara, mentre Mia stava zitta a fissarsi la punta di quegli scarponi che, con il caldo che c'era, sicuro le soffocavano i piedi.

«Sì, sì. Tieni 'sta cassettina mentre apro il portone.»

Finirono tutte e tre pigiate nell'ascensore, un silenzio al profumo di fragole, attese e lacca Splend'Or, che Zita si era spruzzata generosamente.

«Allora, cos'è che succede?» domandò, il sacchetto con le scarpe che dondolava appeso alla sedia. Si aspettò che Lara lo prendesse per vedere cosa c'era, ma non chiese nulla. Sembrava irrequieta, sbatteva le palpebre, maneggiava la borsa. Di punto in bianco tuffò le dita tra le fragole sul tavolo, se ne portò un paio alle labbra mandando Mia in escandescenza.

«Ma che fai, sei matta? Non puoi mangiarle se non le lavi! Saranno piene di pesticidi!»

Sua nipote sequestrò tutto. Prese a circolare per la casa aprendo ante e tiretti.

Zita trovò la cosa davvero fastidiosa.

«Ma il bicarbonato dove l'hai messo, nonna?»

Ah, ecco cosa cercava.

«Nel barattolo della marmellata sopra la credenza. Ma se non le pasticci tutte è meglio perché...» Non fece in tempo a finire. Mia le gettò in una ciotola e iniziò a coprirle con manciate di polvere bianca.

«Ti avevo detto di non pasticciarle!»

«È così che si lavano. Altrimenti ci restano i parassiti.»

Le fragole, le *sue* fragole, erano tutte ammosciate. Quel suo modo di fare non lo sopportava più.

«E potevi lasciarceli! Mi servivano stasera! E adesso sono tutte flosce!»

«Perché, avevi dei programmi particolari stasera?» le chiese Mia insidiosa, come se non aspettasse altro.

«Sì, viene Santo a cena...» confermò. Se lo mettessero in testa una buona volta, ché tanto lei idea non la cambiava.

«Hai capito? Ha la cena romantica con *coso* lì...»

Parlava di lei ma guardava Lara, che guardava da un'altra parte. Dove, non l'aveva capito. Che fosse strana, invece, l'aveva capito subito. I suoi telefonini vibravano in coppia sul tavolo e lei sembrava ignorarli. Aveva la testa chissà dove.

Al contrario di sua nipote che non stava ferma un momento. Adesso le stava smantellando mezzo frigo. «Ma che stai facendo, scusa?»

«Ti metto da parte le tue fragole adorate. Così te le mangi da sola, con il tuo *fidanzato*.»

«Mica ti ho detto di non mangiarle. Ti ho detto solo di...» S'interruppe. Era tutto inutile. Aveva voglia di dargliele in testa quelle fragole e non era un bel pensiero. Come tutti quelli che ultimamente la riguardavano. «Fai quello che vuoi. Tanto non ti va bene niente di quello che faccio. A meno che non lo decidi tu.»

«Io? Io non decido proprio niente. Anzi, mi pare che tu decida proprio da sola. Alla grande.»

«E perché, cosa c'è di male?»

«C'è di male che io ti sono sempre stata vicina, soprattutto dopo che nonno è morto. Mi sono presa cura di te. Sempre. E adesso guarda, non esiste più lui, non esisto più io.»

La faccia di sua nipote si era fatta nera nera, come il cielo quando arrivavano i temporali preannunciati dal colonnello del canale uno.

«Mia, io ti voglio bene. Però tu non mi dai tregua. Mi soffochi.»

«Ti soffoco?» Le mani erano chiuse in due pugni stretti, gli occhi interrogativi, delusi. «Io mi preoccupo per te, *semmai*. E pensavo ti facesse piacere. E ora mi vieni a dire che ti soffoco!»

«Eh, un poco. Ogni tanto sì.»

Ecco, finalmente l'aveva detto. Con un peso sul cuore, ma l'aveva detto.

«Anche le cose del nonno ti soffocavano. Per quello le hai date tutte via e hai svuotato il garage?»

«Ma che, adesso ti sei messa a spiarmi? Chi te lo ha detto?»

«Lo so e basta.»

«Lo vedi che Santo ci aveva ragione che si sentiva osservato! Ma guarda, non ci posso credere!» Zita prese a spostare a caso i soprammobili sulle mensole, il cavallo di vetro di Murano, la statua di legno di Padre Pio, il girasole di plastica. «Da me non ti sei più fatta vedere e intanto mi controllavi di nascosto? Spiarmi! A me, a una nonna che ti ha cresciuta!»

«Non iniziare con i soliti melodrammi, mamma...» la interruppe Lara, che adesso sembrava essersi svegliata di colpo. Ovviamente per darle addosso.

«Melodrammi, dici? Parli proprio tu, a me, di melodrammi. Con tutto quello che hai combinato. Fatto e disfatto. E io e tuo padre sempre qui a sopportare i tuoi guai. A tirare avanti la baracca, a fare finta di niente. Ma fammi stare zitta va', è meglio.» Osservò di nuovo cavallo, girasole e statua del santo. Uno accanto all'altro a sgomitare su quel centrino troppo piccolo. Non ne capiva più il motivo: le sembravano solo un'accozzaglia mista, sbagliata. Costretta a condividere lo stesso spazio. Come loro tre.

«Non siamo qui per parlare di me. Ma di *te*. E di quello che hai combinato...» puntualizzò sua figlia, tutta composta, il solito atteggiamento da primadonna.

«Ancora insisti? Combinato che?»

«Con quello lì, che frequenti. Che vi date alla pazza gioia. Guardati, sembri rinata. E tutto quello che c'era prima sparito. Svanito. Vuoto. Come il garage.»

Sua nipote invece di composto non aveva niente. Si alzava, si sedeva, si alzava di nuovo. Frizzava come quelle bustine che metti nell'acqua naturale con la speranza di renderla gasata, solo che ti viene fuori un sapore acidulo, un gusto peggio di prima.

«Ah, questo è, allora? Che dovevo stare a piangere nel cimitero da mattina a sera? Questo volevi? Ma no, nemmeno. Anche quando stavo al camposanto non ti andava bene. Dovevi mandarmi a destra e sinistra. E io ci sono andata anche se non volevo. E ho incontrato Santo. E allora adesso che vuoi? Che volete?»

«Che *ragioni*, mamma. Siamo qui solo per farti ragionare. Perché non è che ora una si mette a vendere i ricordi di famiglia senza dire niente.»

«Lara, vedi che io ragionare, ragiono benissimo. Ho fatto quello che andava fatto. Ché io là sotto non ci riuscivo manco ad andare, altro che ricordi. Ma tu cosa ne sai di quello che ho passato? Tuo nonno era ancora caldo sottoterra e tu già dormivi nel tuo bel letto a Milano. Guarda, lasciamo stare. E grazie a Dio che ho conosciuto Lisetta che mi ha fatto capire che...»

«Lisetta? E chi sarebbe adesso 'sta cazzo di Lisetta?» Mia la guardava con la faccia inviperita, i capelli come serpenti pronti a morderla da un momento all'altro.

«Lisetta. La figlia di San...» tentò di spiegarle, ma quella l'aggredì come una furia.

«Non lo voglio neanche sapere! Non me ne frega di lui, figurati di sua figlia!» Mia le gesticolava davanti, troppo vicino. Sembrava le togliesse l'aria davvero.

«Smettetela adesso. Tutte e due. Siamo qui per risolvere, per fare chiarezza e...» Si era alzata in piedi anche Lara, a sputare sentenze. Tacchi alti, sguardo pure.

«Mia ha ragione, mamma. Cosa ti è saltato in testa di vendere tutto senza consultarci? Siamo la tua famiglia e...»

«Ah, siete la mia famiglia? Tu che te ne stai nella tua città alla moda, che fai una telefonata giusto per sistemarti la coscienza; l'altra che o si piazza qui, entra ed esce come le gira, o sparisce del tutto. Neanche più un colpo di telefono. Niente. Poi ve ne spuntate di punto in bianco a farmi il processo. E che famiglia sarebbe questa?»

«Intendevo dire che ci preoccupiamo per te. E poi abbiamo il diritto di sapere se...»

«Il diritto di sapere cosa? Pure noi avevamo il diritto di sapere, ma tu hai fatto come ti pareva. Statti zitta Lara, va'...»

Le era salito il bruciore di stomaco. Si spostò nel cucinino, iniziò a spremere e mescolare, limone, bicarbonato e rabbia.

«Infatti sto zitta. Non mi sembra il caso di parlarne ora, con Mia qui davanti. E poi stiamo divagando di nuovo. Lascia perdere.»

Sua nipote si era messa comoda, spalle appoggiate al muro, strafottenti, le guardava beccarsi e si gustava la scena.

Zita mandò giù il beverone veloce come l'aveva preparato. Le tornò su tutto quello che di indigesto le aveva lasciato sua figlia. Nel corso degli anni.

«Eh, lascia perdere, lascia perdere. Tutta la vita che lascio perdere. Ma intanto lo so solo io, e anche quella buonanima di tuo padre, quello che abbiamo passato qui a causa tua.»

Gli occhi inquadrarono la poltrona di pelle scomoda, solo Tore riusciva a sedersi là sopra.

Anche il giorno in cui tutto era cominciato era seduto lì.

Aveva comprato un giornale, un quotidiano vero, e cercava di leggere qualche riga tenendo in equilibrio quelle pagine troppo grandi, a cui non era abituato, perché le notizie se le sentiva solo al *Gazzettino del Piemonte* e andava bene così.

Poi era arrivata Lara e l'attenzione se l'era presa lei.

Aveva sempre avuto questa mania di protagonismo, nel bene e nel male: se non riusciva in un modo provava nell'altro.

Era fatta così, anche se a guardarla ora, tutta perfetta, il vestito giusto, il trucco ben fatto, mai una parola o un capello fuori posto, uno non l'avrebbe mai detto.

Fissava la porta, la borsa già sotto il braccio, i sandali lilla che scalpitavano insieme alla voglia di andarsene.

«Mamma, smettila. Ti ho già detto che non mi sembra il caso e...»

«Eh, certo. Quando si tratta di te non ti sembra mai il caso! Di venire qui a farmi il processo, però sì, ti sembra il caso. Una vita di sacrifici per te, che te ne sei fregata sempre. Di me, di tuo padre e pure di tua figlia. Che guarda come l'hai ridotta. E adesso vieni qui e ti permetti di giudicare?»

«No. Fermati. Come sarebbe a dire *guarda come l'hai ridotta*?» s'intromise Mia. Domande. Sempre domande. E tutte fastidiose. Come quelle con cui l'avevano tormentata i tizi del vaso, nove mesi prima, quando le era toccato decidere tra frakè, ebano e marmo bianco tipo *Crystal*.

«Vabbè, dicevo per dire, adesso non stiamo a pesare le parole, mica siamo in tribunale.»

«E invece pesiamole pure.»

«Mia, lascia perdere. È meglio se ce ne andiamo.» Lara scattò in piedi, si voltò verso la porta.

Zita la trattenne. «Eh no, così è troppo facile. È tutta la vita che sul più bello tu prendi e lasci perdere.»

2.

Lara era rimasta immobile, le dita di sua madre arrampicate al braccio. Fissava quelle unghie acriliche rifinite male, i decori storti, i bordi troppo spessi, e lentamente precipitava giù, un gradino dopo l'altro, sempre più in fondo nella scala dei ricordi.

Quel gesto le scaraventava addosso il passato, ci sbatteva corpo e memoria. Faceva male.

"Sono incinta". Lo aveva detto così ai suoi, come se non gliene fregasse niente. Era accaduto due mesi dopo la mattina dello schiaffo, con addosso lo stesso giubbotto, la cerniera che ora si inceppava.

Le parole le erano uscite insieme a un tono strafottente, quello di chi ha attraversato l'abisso e sa che niente può farle più male.

Aveva vent'anni e la vita l'aveva già fregata: sogni, desideri, progetti, tutti giù per terra, crollati, seppelliti. Un girotondo devastante, sbagliato.

Ma con le sue macerie ci faceva i conti da sola, ogni santo giorno in cui per non soffocare doveva convincersi che era forte, che ce l'avrebbe fatta.

Non voleva essere compatita. Né dai suoi, né dagli altri.

Per questo gli aveva buttato addosso quella mezza verità, omettendone un'altra che ormai non serviva più.

Sua madre l'aveva guardata senza capire, stordita, la bocca aperta, gli occhi vuoti, uno strofinaccio a penzoloni, qualche verdura che bolliva in cucinino.

Suo padre era rimasto immobile sulla poltrona scomoda con i braccioli di legno, un quotidiano aperto, i piedi sopra le ciabatte di finta pelle.

Nessuno fiatava.

Il silenzio aveva allagato il tinello, coperto le piastrelle a macchie, raggiunto le caviglie di suo padre, risalito le ginocchia coperte dalle pagine di giornale, parole imbrattate di petrolio e cronaca nera.

Aveva accartocciato tutto e buttato a terra una palla di carta avvelenata.

Si era alzato, l'aveva guardata negli occhi, deluso. Si aspettava uno schiaffo che non era arrivato. "Sei una vergogna. Sei la nostra vergogna". L'alluvione del silenzio era finita. Era uscito di casa in ciabatte sbattendo la porta.

Zita l'aveva subito riaperta. Si era sgolata nelle scale: "Tore, Tore! Dove vai?".

Lui non era tornato indietro.

Si erano aperte altre porte, quella della Dal Molin prima delle altre.

E allora Zita aveva richiuso tutto, rossa in volto e le si era avventata addosso, le dita strette al braccio: "Hai visto cos'hai fatto? Cos'hai fatto! Sei una dannazione, una dannazione!".

Lara era rimasta impassibile a subire quei graffi di rabbia che scivolavano sottopelle. Nessuno poteva farle più male di quanto avesse già fatto il destino.

3.

Mia guardava sua madre senza riconoscerla.

Pallida, il vestito viola che spiccava come un livido. Sembrava imbambolata. Zita le gesticolava intorno, la strattonava. Parlava, la incitava, la provocava. Non smetteva più.

«E adesso non dici niente? Stai zitta? La vedi tua mamma? Sempre così ha fatto! Non ci ha mai voluto dire niente. Niente. Andava, veniva. E noi zitti, sempre per il tuo bene, Mia. A crescerti, così, senza padre. La vergogna addosso. Il crepacuore dentro. Lo so io quello che abbiamo passato quando...»

La verità travolgeva gli argini, il finto gioco della famiglia normale era finito. Venivano a galla i detriti e in mezzo c'era anche lei. C'era quella verità che nessuno le raccontava. Che aveva scoperto scritta su un muro sotto casa dei nonni.

Il nome di sua madre accanto a sette lettere maiuscole, per trafiggerle meglio il cuore: PUTTANA.

Quattro consonanti e tre vocali per imbrattarle la dignità.

«Quando sono nata io?» Mia completò la frase incompiuta.

Non arrivò nessuna risposta. Come sempre.

Sua nonna si limitò a scuotere la testa, a rintanarsi nel cucinino per trovare riparo a quella situazione scomoda. Borbottava tra sé qualcosa che capiva solo lei.

Sua madre riemerse dall'apnea. Le si avvicinò.

«Ho provato, Mia. Ho provato davvero a far funzionare le cose. Con te. Con loro. Ma come vedi non ci sono riuscita...» Inumidì le labbra, cercando resti di rossetto e parole.

Lara sembrava una bambola ricostruita a caso, con tutti i pezzi al posto sbagliato, la faccia stravolta.

Camminava avanti e indietro con un'andatura molliccia.

Ad ogni passo spingeva la punta dei sandali in avanti e alzava il tacco, come se le piastrelle fossero ricoperte da una verità appiccicosa in cui non voleva sprofondare.

Era un pavimento infido quello; eppure ci erano cresciute entrambe.

Mia su quelle mattonelle a chiazze bianche e nere era impazzita a cercare gli oggetti smarriti di sua nonna, la vite di un orecchino, il ciondolo di un bracciale, il tappo di un profumo.

Zita perdeva sempre tutto e lei non recuperava niente. Non ci riusciva mai: quelle macchie irregolari la confondevano. Se perdevi qualcosa era per sempre.

Crescendo aveva imparato che poteva accadere anche con le persone.

Il pendolo appeso al muro, quello con i due vetri diversi, batté dodici rintocchi. Ogni rintocco un balzo indietro, fino a raggiungere quel tempo che l'aveva avvolta da bambina.

Un tempo informe come i maglioni che Zita le comprava sempre di una taglia in più. Così servivano anche per la crescita, le diceva arrotolandole i polsini. Non era vero. In un attimo quelle maniche, prima troppo lunghe, arretravano fino a scoprirle la pelle sottile e fragile.

La taglia giusta, quella della sua età, non l'aveva indossata mai.

"Nonno, ma secondo te oggi viene?"

"Eh. Ma sì, dài. Vedrai che viene". La voce di Tore le accarezzò le spalle smarrite nel pigiama troppo grande. Mia gli soffiò un bacio timido sulla guancia ruvida, un retrogusto di acqua di colonia, caffè e giorni che passavano troppo in fretta. "Oh, guarda che la pendola si è fermata di nuovo". Pochi istanti e lui era in piedi sulla scala con l'orecchio a stetoscopio.

"Nonno, ma perché i vetri sono diversi?"

"È che il tuo bisnonno era nervoso a volte".

"Ma cosa c'entra l'essere nervosi con la pendola, nonno?"

"C'entra, perché una sera che era più stanco del solito è arrivato dalla campagna, noi ragazzi facevamo una gran baraonda e lui ci ha tirato dietro la scarpa. Ma noi siamo scappati e così ha preso la pendola e il vetro si è rotto. Sai, noi eravamo sette fratelli e tre sorelle. Lo facevamo diventare matto".

"Uhm. Ma allora nonno bis era cattivo!"

"No, non era cattivo, Mia. Lo faceva perché mi voleva bene, in fondo".

"Ma quindi i grandi che ti vogliono bene a volte fanno cose che ti fanno male? Nonno?"

Mia gli tirò la manica della camicia di flanella sollecitando la sua risposta.

"Sì, ogni tanto capita" rispose Tore con un sospiro.

Mia lo fissò in silenzio, le sopracciglia sottili unite dalla scia dei dubbi.

"Che dici, andiamo a mettere una foglia d'insalata fresca al cardellino?"

Suo nonno aveva provato a distrarla con un ciuffetto di songino. E c'era anche riuscito. Ma poi la pendola aveva continuato ad avanzare, l'acqua per la pasta a bollire. Telefono e campanello tacevano. Lei si era stufata di giocare con il cardellino. Il silenzio di Lara strideva in tutto quel fermento, una nota stonata in quella melodia di forzosa normalità a base di pasta fatta in casa, di pigiami per la crescita, canzoni alla radio e un passato già sfuggito in una foto di loro quattro, tutti insieme al campeggio, che Zita aveva appeso nel corridoio. Al dodicesimo rintocco della pendola tutti avevano capito quello che sarebbe accaduto. Il quarto posto non era stato nemmeno apparecchiato. Il fermento chiassoso della mattina aveva lasciato il posto a un pomeriggio svogliato dalle aspettative deluse, dai piatti troppo pieni per finire quello di chi non c'era. Quel giorno aveva capito che ci sono cose che non puoi cambiare, anche se ci provi. E l'unico modo che hai per sopravvivere è provare a far finta che non esistano più.

Le suole spesse degli anfibi incontrarono il presente e una fragola rotolata fin lì. Mia la schiacciò, lasciando una scia di impronte rosse e pastose sul pavimento. Aprì la porta. Questa volta fu lei ad andarsene per prima.

Capitolo 16

1.

Lara uscì dal portone, la testa pesante, i pensieri altrove, per poco non andò a sbattere contro un tizio con il volto coperto da un mazzo di fiori. Altro che risolvere, le cose erano solo peggiorate.

Chiamò un taxi: l'attesa minima era di venti minuti. Sarebbe rientrata da Gisèle in ritardo, di nuovo.

L'assalì una fame rabbiosa, attraversò la strada, rientrò nel bar cinese, quello in cui mai avrebbe messo piede, per la seconda volta nella giornata.

Aprì gli sportelli di plastica opachi, pescò dei tramezzini a caso, un paio di croissant mosci già alla vista. Strappò dalla girandola un pacco di patatine che prometteva sorprese strepitose e bugiarde. Come lei.

Uscì con una busta di nylon ecologica, di quelle che puzzano da morire. Il manico di plastica le strofinava il polso, si mangiava passo dopo passo le ultime gocce del suo Air du temps.

Costeggiò i marciapiedi rossi, di nuovo la piazza del mercato, di nuovo il giardino spelacchiato, le altalene, un recinto per separare lo svago dei bambini e dei cani, ormai divelto. Il volto della ragazza dagli occhi spenti adesso la guardava fisso dal muro di fronte: BUONGIORNO PRINCIPESSA, CI MANCHI. Un'epigrafe sussurrata sulla parete del bagno pubblico, graffiata di una dolcezza adolescente. Un destino in bianco e nero per sempre.

Pensò al giubbotto scuro di Mia, ai capelli annodati, ai polsi sottili, alle clavicole troppo sporgenti. Anche lei era in bianco e nero, forse per colpa sua o forse no. Una panchina sudicia su cui Mara prometteva pompini da favola la fissò invitante. Si lasciò cadere, esausta, la borsa Vuitton sulle ginocchia, la busta di plastica sopra. Le dita risalirono la carta già unta, strappò pezzi di pancarré e brioche, masticò sfoglie di croissant, residui di maionese e prosciutto gommoso. Il peso del passato che le schiacciava le spalle. Il dolore le scricchiolava sotto i denti. Le dita scoperte dai sandali sfiorarono una poltiglia scura. Fango, era solo quello. Lo stesso che si sentiva ancora addosso, quando scivolava nella Jacuzzi o nelle lenzuola dei motel a ore, ogni centimetro di pelle profumata, morbida, idratata, ricoperta di tonnellate di hamamelis. Lo sporco c'era, invisibile ma c'era. Come i *cicles* appiccicati sotto il banco, come i baci a cui seguivano promesse che duravano quanto il gusto di quelle gomme, fragola, banana, coca cola. Promesse che quando non sapevano più di niente sputavi via. Anche lei a quei tempi era una delle tante che masticava desideri e li scoppiava quando il sapore non le piaceva più.

Aveva sempre funzionato fino a quando un desiderio ancora intatto, il sapore ancora buono, le era scoppiato in faccia.

Un imprevisto, tipo quelli del Monopoli, ma molto più crudele.

In realtà gli imprevisti erano stati due. Quello meno tragico, nove mesi dopo l'aveva chiamato Mia. Le tornò in mente la sciarpa rossa, quella che prudeva, la chiesa, la gente, tutti quei fiori. Il dolore dello schiaffo di suo padre che si mescolava a un altro, più profondo, che la dilaniava. Le portava via ogni traccia di spensieratezza.

Una cicatrice invisibile all'esterno, che forse aveva trasmesso anche a sua figlia. Un DNA di sofferenza, rabbia, apatia.

Strofinò con forza la suola dei sandali sull'erba, come se volesse lasciare lì i dubbi che tornavano a pungerla. Non era così che doveva andare.

Sarebbe cambiato qualcosa se fosse rimasta? Se avesse raccontato ogni cosa?

Il giardino si animò di musica rap sparata a palla da un gruppo di ragazzi: slang di periferia, zaini gemelli, ciuffi sparati in alto per sfidare il cielo. Rimbalzavano il peso della vita da una scarpa all'altra, sputavano in basso per marchiare il territorio. La fissarono straniti: che ci faceva una tipa così su quella panchina lercia? O forse non la fissarono nemmeno, lo immaginò solo lei. Salì sul taxi, i sandali macchiati di quel fango che non era riuscita a togliere. Infilò gli occhiali da sole anche se il sole non c'era più.

2.

Zita spostò le tende e intravide un taxi che inghiottiva Lara.

Sospirò. Erano volate parole troppo pesanti. Le percepiva ancora, anche se lei se n'era andata. Su quel davanzale dove aveva rimesso i gerani che ancora non fiorivano dopo il temporale.

Ce li teneva lo stesso, per puntiglio, ché di estate maledetta ne aveva avuta già una l'anno prima e adesso voleva i fiori e i colori e tutto quello che le spettava. E già mentre ci pensava la tristezza si scioglieva un po', perché lei lo sapeva quanto aveva sofferto, e adesso se quelle due non la capivano non era colpa sua.

Sentì il campanello suonare. Ecco, vedi, ci avranno ripensato. Forse è Mia che è tornata indietro per fare pace. Rientrò, piena di speranza. Cosa vuoi, noi siamo fatte così, come quei soprammobili che non c'entrano niente, ma non stanno così male su quella mensola, no? Una parola tira l'altra e si va a finire dove si va a finire.

Anche con Tore ce ne dicevamo di tutti i colori quando litigavamo, le facce una più rossa dell'altra, i pugni che sbattevano sul tavolo dove, qualche giorno dopo, ci mangiavamo le orecchiette o il couscous. Cose che succedono in tutte le famiglie e anzi ti devi insospettire quando non senti mai sbattere una porta o quando non grida mai nessuno: è lì che poi succedono le disgrazie, quelle vere. Odio e amore, sono i due lati della stessa medaglia. Lo dice pure quel proverbio che adesso non mi ricordo bene, ma in una giornata come questa, tutta in subbuglio, come fai a ricordarti qualcosa. Il campanello suonò di nuovo. Ecco, appunto, la porta, lo vedi cosa stavo facendo. Aprì e si trovò davanti i capelli candidi di Santo, l'acqua di colonia mescolata al profumo dei gladioli rosa che gli coprivano quasi il viso.

«Buongiorno, *ma chérie*.»

«Ah, sei tu...» lo accolse delusa.

Il sorriso appassì sul mazzo di fiori.

«Volevo farti una sorpresa e portarti fuori a pranzo, ma... qualcosa non va?»

«Sono venute mia figlia e mia nipote. Hanno scoperto la storia del garage e, apriti cielo, è scoppiato il finimondo.»

«Ah, ho capito. Ma non eravamo rimasti che le avvisavi della vendita?» Santo poggiò i gladioli sul tavolo.

«Eh sì, dovevo, dovevo. Ma non ero in malafede, sai? È che con tutte le cose che ho per la testa in questo periodo mi sono scordata. Che ne sapevo io che queste piombavano qui e mettevano su 'sta tragedia. Come se non ne avessimo vissute già troppe.»

Lui s'incupì di colpo. Tragedia. Quella parola evocava una crepa pronta a sfaldarsi. Deviò il pensiero. Contava il presente adesso e quel poco di futuro che gli restava.

«Zita, capita di litigare in famiglia a volte. Non è facile mettere d'accordo tante teste. Vedrai che poi passa tutto. Del resto se dobbiamo fare come abbiamo detto, da qualche parte bisognerà anche incominciare.» La guardò con aria preoccupata. «O hai cambiato idea?»

«No, no. Che cambiato e cambiato» scartocciò il cellophane dei fiori. «Se ti ho detto di sì è sì» e prese a guardarsi intorno alla ricerca di qualche contenitore in cui sistemare il mazzo. Aprì la vetrinetta e prese una brocca a forma di gallo con la scritta RICORDO DEL GARGANO. La riempì d'acqua del rubinetto, sfilò i gladioli e cercò di sistemarli nella fessura tra la cresta e il becco. «Non stanno nemmeno in piedi, guarda qua...»

«Questo galletto però non va bene per i fiori. Non hai un vaso?»

«No. Vasi qui non ce ne sono.»

Abbassò lo sguardo per timore che Santo potesse leggerci che li aveva spaccati uno a uno; tutti quelli che si era trovata davanti agli occhi dal funerale di Tore in avanti. Li detestava.

«E allora pazienza. Faremo con questo.»

Santo tirò fuori gli occhiali dal taschino, si avvicinò al galletto.

Zita se lo rimirò soddisfatta: quelle stanghette blu gli stavano proprio bene. Sembrava uno della tv, di quelli che vanno ospiti ai salotti di pomeriggio e che quando parlano tutti ascoltano perché le cose le dicono con calma e come si deve. Anche lei avrebbe voluto essere così. Trovare le parole giuste per dire quello che voleva dire. Ma aveva solo la licenza elementare e le cose le venivano fuori sempre tutte ingarbugliate che alla fine non ci capiva più niente neanche lei. Lo osservò mentre con pazienza poggiava ogni stelo accanto all'altro, lasciando che si fondessero insieme in un abbraccio unico per non cadere nel vuoto dentro quel vaso non vaso.

«Hai visto che così stanno belli dritti, no?» le mostrò fiero il risultato finale, i gladioli abbracciati gli uni agli altri, ben fermi al centro.

«Ma com'è che hai fatto? A me si ammosciavano tutti.»

«Zita cara, per certe cose ci vuole tanta dolcezza.»

La baciò sulla guancia.

Zita guardò la macchia rappresa sulle piastrelle lucide del corridoio, le tende che volteggiavano sul balcone, i fiori freschi che decoravano il suo tavolo.

La sua seconda primavera era lì, a portata di mano, già sbocciata. Anche se i suoi gerani non l'avevano ancora fatto.

Capitolo 17

1.

Lara teneva il rettangolo di plastica stretto tra le dita, le gambe scoperte dalla sottoveste, gli occhi scuri puntati sullo spazio in cui sarebbe apparso il verdetto.

Quella frenesia l'aveva già accolta durante il viaggio di ritorno. Si era avvicinata alla toilette, intenzionata a fare subito quel che doveva, fosse anche nel wc di un treno. Ma una volta era occupato, l'altra c'era la coda. Non è il momento, si era convinta, ed era tornata a sedersi.

Percepiva la tensione di quella giornata, i telefoni che vibravano, le mail che si accumulavano, le schifezze che aveva mangiato, le girava la testa, le girava lo stomaco. Si torceva di pensieri e nausea. Da Gisèle non era nemmeno passata, subito a casa, via i sandali sporchi, via l'abito. Le mani affondate nella borsa, dove cavolo è finito il test? Via questo, via anche quest'altro. Eccolo. Un bel respiro e poi la ceramica fredda che pizzicava i glutei: il momento era arrivato.

L'aspra discussione con sua madre l'aveva convinta a non attendere più. Scuoteva la testa, ma cretina che sono. Cosa volevo aspettare ancora? Cosa mi è saltato in mente? È chiaro che la madre non la so fare. Sono portata solo per generare fatturato, io. E infelicità. Si mordeva il labbro, contava i minuti, passeggiava avanti e indietro sul parquet, sembrava immenso l'appartamento. E vuoto.

Il calendario magnetico sulla parete ricordava i meeting, le scadenze, i corsi. Era diverso da quello che ventidue anni prima, compiendo la stessa identica azione di adesso, aveva sfogliato all'indietro e poi in avanti, per capire quando, per capire cosa; tremava e non di freddo, le dita sul faccione di Frate Indovino, gli occhi su quei motti del cavolo, i piedi nudi sulle piastrelle del tinello di Zita; il cuore a chiazze allo stesso modo.

Tornò nel bagno, il test era in bilico sul bordo del lavabo e sul suo destino. Avvicinò il volto alla specchiera: la luce le esplose sul viso, senza alcuna clemenza. Le aveva messe di proposito quelle lampade impietose, per farci i conti da sola con le sue imperfezioni, occhi aperti e volto nudo. Per nasconderle, camuffarle. Perché non c'era alcun motivo di mostrare le proprie debolezze agli altri. Indagò lo spazio tra le sopracciglia: il piccolo solco verticale le sembrava quello di sempre, come il mento e la parte finale del collo. Intravide un paio di macchie scure in più sul lato della guancia, quelle che continuava a spacciare per lentiggini anche se non lo erano. Tutto all'apparenza sembrava come sempre. Ma lei sapeva che le cose stavano cambiando. Chiuse gli occhi, prese il test, fece due respiri profondi. Li aprì, guardò il risultato: la verità le lampeggiava davanti. Inequivocabile.

2.

Anche Mia nello stesso istante era vittima di un turbamento, che riguardava Andrea e il posto in cui le aveva dato appuntamento: un fast food. Sapeva che lei non li sopportava, eppure adesso, come se niente fosse, le stava mangiando in faccia una roba molle, farcita di ingredienti penzolanti.

«Io mi domando come diavolo fai a mettere in bocca quella roba. Come minimo sarà di cane o chissà che altro.»

«La solita esagerata. Dovresti provarne uno anche tu, ci sono anche vegetali. Non hai detto che vuoi cambiare il tuo approccio alla vita?»

«Dubito che un panino imbottito di carne putrida possa cambiarmi la vita.»

«Prova con le crocchette di pollo. Sono più piccole e innocue.»

«Piuttosto digiuno. Mi farò bastare questa frutta sintetica. Sperando che ci sia un motivo degno della tua convocazione in questo posto orrendo.» Aprì il sacchetto con gli spicchi di mela e mandarino.

«C'è eccome. Siamo qui per inaugurare una nuova parte della tua vita. E anche della mia. Voglio parlarti di Enrico e...»

«Enrico! Non molli, eh? Falla finita con questa storia. Lo capisco che è carino. Che è simpatico, che fa il tuo lavoro. Ma non funzionerebbe, lo sai...»

La guardò stranito, due patatine flaccide appese tra le dita. «Fammi finire. Vorrei che tu lo conoscessi meglio, anche perché...»

«No. Lascia perdere, Andrea, davvero. Oggi poi ho meno testa del solito. Troppi casini, con mia madre, con mia nonna.»

«Oggi? Solo oggi? È sempre così. Smettila di pensare a loro, Mia! Taglia con il passato, vai avanti.»

«Anche il mio presente fa piuttosto schifo. Come questo surrogato di frutta.» Sputò dentro un tovagliolo lo spicchio masticato di mela acerba.

«Ma tu non fai niente per migliorare. Ti sei atrofizzata. Sembra quasi ti piaccia vivere così, crogiolarti nei rimpianti, nel dolore...»

«Mi sa che i grassi saturi ti fanno straparlare.» Accartocciò il tovagliolo. «Mi stai dicendo che mi piace fare una vita di merda?»

«No. Ti sto dicendo che combatti battaglie che non ti appartengono, in cui non sei tu la protagonista. Perché il punto è questo, tu protagonista non vuoi esserlo mai.»

Quelle parole le rimbalzarono dentro. Andrea riusciva a dire cose sensate anche con la bocca piena di cane e maionese. E non aveva ancora finito.

«Facciamo così. Quello che penso adesso te lo scrivo qui. Una specie di terapia d'urto. E poi fammi un favore, vai a casa e mangia. Con mezza mela nello stomaco non si portano avanti grandi rivoluzioni.»

Mentre appuntava qualcosa sul tovagliolo Mia notò le iniziali AV ricamate sui polsini della camicia lavanda, il cinturino di acciaio dell'orologio, il nodo perfetto della cravatta. Alla fine aveva imparato a farlo. Adesso anche lui parlava lo stesso linguaggio del mondo.

«Ecco. Rifletti su. Secondo me ti guarirebbe. Poi ne parliamo. Adesso devo andare.»

Le schioccò un bacio amichevole più distratto del solito.

«Andare? Ma dove, scusa? Mi molli qui da sola?» Si rigirò tra le mani il tovagliolo ripiegato.

«Non mi pare tu sia sola, è pieno di gente.»

«Eh, appunto.»

«Coraggio Mia, non è poi tanto diverso dal tuo ipermercato, no?»

Andrea si congedò, non aveva nemmeno ripulito il vassoio.

E certo, adesso è troppo fighetto per dedicarmi la sua serata. E non pulisce neanche il tavolo. Ma vaffanculo.

Mia svuotò tutto nel bidone, compreso il tovagliolo criptato. Si avviò a passo rabbioso verso l'uscita.

Chissà che cavolo c'era scritto...

Fece dietrofront, affondò il braccio nel bidone cercando di recuperare quello che aveva buttato. Due ragazze la guardarono schifate.

"Che schifo. Hai visto quella?"

Maledetta frase. La perseguitava. Un sortilegio da cui non riusciva a liberarsi. Le ignorò, tastò ancora la spazzatura, riconobbe il tovagliolo, lo riprese, uscì di corsa. La carta umida stretta tra le dita, rabbia e vergogna addosso.

Cercò nelle tasche del giubbotto il flacone di amuchina. Niente. Doveva averlo perso.

Gliene serviva subito un altro. Dove cavolo è la farmacia qui?

Superò le parallele di negozi identici, i cartelli dei saldi estivi, la merce tutta uguale come le donne e gli uomini che ci entravano. Costeggiò il viale di cemento, la palestra a vetri, il multisala, gli schermi lampeggianti con gli orari e le ultime uscite. Nessuna farmacia. Il cuore le pulsava in gola, la testa le girava più del solito, lo stomaco era vuoto come sempre. Mi verrà il tetano. No, non è possibile, non mi sono tagliata, no? Un'infezione batterica. Un virus. Si appoggiò al muro, inspira, espira, su, piano Mia, puoi farcela.

Ma dimmi se devo stare così di merda a ventidue anni. Chissà se quello stronzo ha ragione. Vediamo che cavolo ha scritto.

Rianimò il tovagliolo appallottolato. Ci tuffò gli occhi. Restò stupita.

«Mia Lombardo, sei proprio tu?»

Guardò incredula la persona che le stava parlando. E niente, stava male. Adesso le sembrava anche di vedere un suo ex compagno di scuola. Lo stesso sorriso magnetico delle foto di classe ora incorniciato da una barba folta e bionda.

«Fabrizio Binetti?»

«Presente!» rispose con lo stesso tono da appello di tanti anni prima.

«Ma... Sei ancora più magra! E i tuoi riccioli che fine hanno fatto?»

Ci pensò un attimo. I riccioli. Già, le piacevano da matti, eppure li aveva dati in pasto ai *dreads* senza pensarci nemmeno. Certe cose vanno così. Si ricordò la sua chioma gonfia accanto a quella bionda di Binetti, le dita inzaccherate di inchiostro e adolescenza, le labbra della maionese che farciva i panini. Che a quei tempi si mangiava anche lei.

«Non è facile riconoscerti con questi...» giocherellò con un *dread*. «Allora, come ti vanno le cose? Vedo che ti piace sempre mimetizzarti contro il muro. Come a scuola.»

Fabrizio le sfiorò la guancia, con il suo profumo sfacciato come lui, che con quella faccia bella e tosta otteneva sempre quel che voleva. Aveva una polo verde menta, quelle con il coccodrillo. Gli erano sempre piaciute, ma a quindici anni poteva permettersi solo quelle tarocche con la coda del rettile girata dalla parte opposta. Mia indietreggiò di qualche passo.

«Più o meno nello stesso modo schifoso in cui andavano a scuola.»

«Ah, bene. Sempre ottimista, eh?» Si guardò intorno. «Ma scusa, stai qui da sola? Andiamoci a bere una cosa, dài. In onore dei vecchi tempi.»

«Ma... io veramente stavo andando a casa» tergiversò. Non poteva più andare indietro, il muro la fermava. Capolinea.

«A casa? Alle dieci e mezza di venerdì sera? Ma no, è da sfigati. Almeno una birra ci sta, no? O preferisci restare appiccicata lì?»

Guardò i suoi occhi chiari e insolenti, la bocca invitante come i panini smezzati all'intervallo. E quei *no, lasciami in pace, vai al diavolo*, che già le solleticavano la lingua, finirono tutti accartocciati come il tovagliolo di Andrea.

«Okay. Vada per questa birra» acconsentì, nello stesso istante in cui la pancia le inviava il primo codice morso.

Capitolo 18

1.

Le sei e quattordici. Le sei e quindici. Le sei e sedici. La sveglia proiettava sul soffitto una luce digitale che sembrava dissolversi con il passare dei minuti. Mancava poco all'alba e presto il sole avrebbe illuminato il giorno con la prepotenza estiva di cui era capace. Mia, invece, voleva restare appesa agli ultimi minuti di buio. Aveva la testa pesante. Non capiva se avesse dormito, né per quanto. Restava immobile a rimuginare, confusa, coperta da un lenzuolo, fredda come un cadavere, probabilmente anche nella stessa posizione. Il colonnello del canale uno avrebbe classificato la notte appena trascorsa da bollino rosso, quelle in cui l'anticiclone Caronte toglieva respiro e sonno. Lei sentiva freddo. Un gelo che sembrava insensibile alle ondate bollenti del traghettatore infernale.

Scostò la testa verso il cuscino accanto al suo e avvertì delle note dolciastre di menta e lavanda. Le si rivoltò lo stomaco. Corse verso il bagno, lo trovò occupato. L'acqua della doccia scrosciava in quantità industriale, accompagnata da un canticchiare allegro. Bussò sul vetro fino a farlo vibrare. La porta si aprì, sbucò fuori la barba folta e umida di un contrariato Fabrizio Binetti.

«Che cavolo ci fai nel mio bagno?» domandò stranita, pallida come il lenzuolo che aveva addosso.

«Una doccia, non si vede?» Riaprì il rubinetto e iniziò a passarsi il *suo* rasoio sul petto, come se fosse la cosa più naturale del mondo.

«Scusa, ma... Ti sembra il momento di depilarti?»

«Ho un servizio fotografico tra meno di un'ora, quindi sì. Te l'avevo detto ieri di farmi tornare a casa, ma tu...» le strizzò l'occhio in un modo che non le piaceva affatto. Come il modo in cui utilizzava il *suo* rasoio. L'avrebbe gettato via subito.

«Scusa, ma tu... io... noi...?»

Fabrizio indossò anche il *suo* accappatoio.

«Tu non la reggi proprio la birra, eh?» Attraversò il corridoio lasciando impronte umide. Sfoderò un sorriso agrodolce che non sapeva più di buono come i panini prosciutto e maionese. Doveva essersi trasformato in un'altra persona durante la notte. O forse negli anni.

«Ti lascio i miei contatti. Così magari che so, ogni tanto ci si rivede in nome dei vecchi tempi.»

Le passò la mano sulla nuca, una fastidiosa carezza padrone-cucciolo un attimo prima dell'abbandono.

Mia rimase annebbiata nel corridoio, il palmo della mano appoggiato al petto, il lenzuolo che strofinava sul pavimento. Le serviva un'aspirina. Meglio due. Ma prima doveva asciugare il pavimento bagnato. E mettere in lavatrice l'accappatoio. Anzi no, meglio buttare via subito il rasoio, con i guanti però. Non si sa mai. Certo, prendere precauzioni adesso che senso aveva? Dopo stanotte. Ma dov'erano questi dannati guanti? Girava a vuoto come se non fosse più a casa sua. Si guardava intorno e non la riconosceva: il letto sottosopra, il biglietto da visita sul comodino, la biancheria ammucchiata sul tappeto.

Non ci poteva credere. Non ci voleva credere.

Trovò i guanti, li infilò. Le venne in mente l'*aria viziata* di Zita. Cambiarla, subito. Aprì la finestra, sentì il sole caldo accarezzarle il viso e gli occhi curiosi del dirimpettaio fissarla stupiti. Realizzò in quel momento di non avere addosso nulla. A parte i guanti di gomma.

2.

Anche Zita aveva la sensazione di aver dimenticato qualcosa. In piedi, con le valigie pronte in attesa del pullman, non riusciva ad assaporare il gusto di quella vacanza che Santo le aveva proposto.

«*Ma chérie*, te la stai prendendo troppo per questa discussione con tua figlia e tua nipote. Facciamo così, cambiamo aria. Ce ne andiamo in un bel posto, tu e io, così ti distrai e vedrai che quando torni tutto si sistema.»

E in cuor suo lo sperava. Continuava a voltarsi di continuo per vedere se sua nipote arrivava dal nulla, a metterle i nastrini sulla valigia, a fare l'interrogatorio all'autista. La cercava pur sapendo che non l'avrebbe trovata.

Dopo quella mattina maledetta delle fragole schiacciate, aveva messo su un muro. Tanto lei adesso se ne andava in villeggiatura. Certo, forse riprendere il bus nello stesso posto dell'altra volta non era stata un'idea geniale. Troppi ricordi.

Santo, davvero di nome e di fatto, ci aveva provato a proporle qualcosa di diverso, una bella meta esotica, Costa Brava, Costa Rica o qualcosa di simile che non si ricordava bene, con la memoria ballerina che aveva quel giorno. Con l'aereo, pure. Ma lei niente, no, no, per carità, non l'ho mai preso, ci sono gli attentati e nemmeno le forbicine mi posso portare.

"Le forbicine, Zita?"

"Eh sì, le forbicine. Sono importanti, sai?" aveva insistito lei.

"E mica solo quelle. Pensa che quando Caterina ha preso l'aereo prima le hanno fatto lasciare tutti i solari, quelli buoni eh, della farmacia. No, no, facciamo qualcosa di più tranquillo. Che so, con il bus Gran Turismo, quello dell'altra volta".

E alla fine era andata proprio così. Anche se poi le forbicine non se le era nemmeno portate.

Santo sorvegliava il bagagliaio con le spalle ben dritte, che spiccavano fra tutte quelle già appassite. Sembrava una guardia vaticana, anche se al posto del pennacchio alto aveva un berretto da basket che gli stava un incanto. Le piaceva il modo in cui si distingueva tra quei vecchi scalmanati, gli occhi vigili, qualche passo indietro, quasi a stabilire la giusta distanza. Come un vero signore.

Aveva intuito i suoi bei modi sin dalla loro prima cena alle terme: avevano chiesto spaghetti al cartoccio e il cameriere li aveva serviti avvolti da tutto un catafalco di alluminio a forma di cigno che quando lei se l'era trovato nel piatto non sapeva da che parte cominciare.

Santo invece aveva preso subito confidenza, che sembrava mangiasse tutti i giorni pietanze così. Si era sistemato il tovagliolo sulle ginocchia e aveva fatto danzare la forchetta, precisa e controllata, dentro quel cigno di domopak, senza nemmeno decapitargli il collo: a lei era caduto a terra al secondo boccone. Non c'era niente da dire: la classe era classe.

E adesso se ne partivano insieme per i lidi romagnoli: musica, sole e aria buona. Certo, il mare era quello che era. Niente da paragonare a quello pugliese e lei lo aveva messo bene in chiaro che in quella fanghiglia non si sarebbe bagnata nemmeno un alluce, ma Santo aveva detto che visto che non erano andati in Costa Brava toccava accontentarsi. E comunque i divertimenti lì erano altri. E non vedeva l'ora di farglieli provare.

In quel momento il sole che brillava a mezzogiorno le chiarì quella sensazione indefinita che si trascinava dietro dalla mattina. I fiori, il vaso, il cimitero. Non era passata a cambiarli e con quel caldo sicuro sarebbero marciti. Doveva avvisare Mia, che ci andasse lei, pazienza se era arrabbiata. Avrebbero dato da sparlare alla Dal Molin per mesi e mesi. Prese il telefonino nel momento esatto in cui Santo le si avvicinò, il sorriso vivace come il camiciotto turchese.

«Dobbiamo andare?»

Scosse la testa. «No. Aspettiamo qui con calma. Lasciamo smaltire la folla.»

«Ma non è che se ci attardiamo rimangono solo i posti in fondo?»

«No, *ma chérie*, non ti preoccupare. Noi i posti li abbiamo già riservati. Terza fila, davanti ma non troppo.»

«Riservati? E da chi?»

«Gaetano, il conducente. Abbiamo fatto amicizia.»

Le strizzò l'occhio con aria complice e le sfiorò la guancia con dolcezza. Zita percepì un formicolio, simile a quello che le veniva quando si metteva i gambaletti senza tagliare prima l'elastico. Ma non sui polpacci. Era come un solletico all'altezza del cuore. E forse era proprio per quel solletico che, quando Santo le aveva fatto *la domanda*, lei aveva risposto *sì*. Ripose in fretta il cellulare nella borsa. Chissà perché ce l'aveva ancora in mano.

3.

Quello era un mezzogiorno di fuoco anche per Lara. Doveva scegliere la nuova squadra del team Gisèle autunno-inverno. A settembre inauguravano altri quindici punti vendita, tutti ancora privi di personale. In parte anche per colpa sua, che dal giorno del test, e per tutti quelli seguenti, aveva iniziato ad avere la testa per aria.

Glielo aveva fatto notare anche il direttore commerciale in una convocazione via Skype a sorpresa.

Voleva indagare pacatamente. Sapere i fatti suoi, in pratica, mascherando il tutto con l'etichetta *siamo una grande famiglia, una squadra. Di noi si può fidare*. Quando, dopo quel colloquio, Lara aveva richiuso il pop-up con il suo faccione le era tornata in mente la canzone di Bennato, *Il gatto e la volpe*.

Era destabilizzata, come se le cose all'improvviso fossero meno allettanti di come le aveva sempre viste.

Stava accadendo anche in quel preciso istante in cui passava in rassegna le giovani candidate, chi si fissava la punta delle scarpe timorosa, chi esibiva sorrisi, chi si lisciava continuamente i capelli. Era una giornata di selezione. In condizioni normali avrebbe fatto in fretta: le sarebbe bastato scegliere le più sicure, quelle che lo sguardo non lo abbassavano mai. Quelle che le somigliavano di più. Le uniche che sostenevano quel duello silenzioso in modo paritario, che reggevano bene le occhiate insistenti di chi le stava esaminando da ogni angolazione: la simmetria del volto, la pienezza delle labbra, del décolleté, dei glutei. E mentre lei le giudicava, loro facevano altrettanto. Le misuravano con gli occhi il punto vita, le fissavano le gambe domandandosi se quella carnagione dorata fosse un dono naturale o il *camouflage* perfetto di un collant invisibile.

La verità era la prima, ma quella mattina con immenso orrore aveva scoperto un paio di virgole viola-blu proprio sopra il ginocchio. Le aveva tamponate con il fondotinta per renderle invisibili, ma le vedeva ancora. Imprecando aveva indossato quel maledetto collant, che si smagliava solo alla vista e teneva anche caldo, come ogni indumento a fine luglio.

Erano gli effetti collaterali inevitabili di quanto le stava accadendo, così aveva spiegato il medico da cui si era presentata con una manciata di test identici, rifatti per precauzione casomai uno fosse sbagliato. Aveva sorriso per quell'eccesso di zelo e le aveva consigliato di rilassarsi e lasciare che la natura facesse il suo corso.

Le aveva consegnato un bel referto che diagnosticava con parole più complesse quello che lei aveva già capito: non aspettava nessun bambino.

E allora quel ritardo? E allora l'aumento di peso? E allora? E allora?

Aveva tormentato il medico con tutte le domande possibili purché arrivasse la risposta che voleva sentire lei. Qualcosa del tipo *non si preoccupi*, è solo stress, è solo un momento. E invece no.

La spiegazione era un'altra. Scientifica, senza una grinza. Si era riletta la diagnosi parola per parola. Aveva imparato a memoria la sequenza di vocaboli, i punti, le virgole. Sperava le fosse sfuggito qualcosa, un refuso, un errore di stampa, una parola con un significato diverso da quello attribuito. Il luminare le aveva dato due pacche sulle spalle, un volantino con un indirizzo.

"Mi ascolti, ci vada. Le sarà utile".

Le era salita una rabbia incontenibile. All'uscita aveva strappato il foglio e buttato i pezzi dentro la borsa. Qualche giorno dopo li aveva raccolti uno per uno e appiccicati con lo scotch. A volte le sembrava di essere psicopatica. Come adesso, che provava un'invidia così palese, così viva, per queste ragazze allineate alla parete, in attesa del suo verdetto, mentre lei pensava che quel colpo d'occhio di bellezza e gioventù la stordiva, la abbagliava. Quei girovita così sottili, trentotto, quaranta. Mentre lei, pericolosamente, navigava a vista verso la quarantadue. Certo non se n'era accorto ancora nessuno. Tantomeno Spaccacuore, che non perdeva certo tempo a misurarle la circonferenza vita.

Mandò le candidate in pausa anticipata, tanto non aveva la concentrazione adatta. Posò il cellulare al centro della scrivania, lo sfiorò con l'indice senza osare toccarlo davvero. L'algoritmo di MeetMe già scalpitava. Voleva bloccare Spaccacuore dalla lista dei contatti? Sì, avrebbe potuto. Anzi, forse, avrebbe dovuto. Ma la questione era un'altra. Sapeva che dopo di lui non ne avrebbe voluti altri. Non di quel genere, non in quel modo. Voleva qualcosa di diverso. Ma cosa?

Pensò al volantino riappiccicato che si teneva in borsa.

Si versò un bicchiere d'acqua, spostò la cintura in avanti di un passante, uscì dal negozio senza guardarsi allo specchio.

4.

Qualcuno si era letteralmente appiccicato al suo campanello.

Quel trillo, acuto e prolungato, aveva perforato lo stato vegetativo in cui Mia si era rifugiata, oscillando in un dormiveglia che aveva tutta l'intenzione di continuare.

Scese dal divano, scalza, una coperta buttata addosso, i guanti di gomma afflosciati ai suoi piedi. Bocca e cervello impastati.

«Allora sei viva! È tutto il giorno che ti chiamo e non rispondi.»

Andrea era sul suo zerbino a margherite con la scritta WELCOME, che continuava a non piacerle perché dichiarava una bugia, in quel momento più di altre volte. Avrebbe dovuto gettarlo via da tempo, ma era l'ultimo regalo che le aveva fatto sua nonna dopo l'ennesimo furto condominiale, quando le cose tra loro andavano bene.

«Mia, sei stravolta, che ti è successo?»

Andrea aveva una valigetta nuova, pelle nera e bordo celeste. Non le piaceva e nemmeno il modo in cui la stava guardando.

«È meglio se te ne vai. Non voglio vedere nessuno.»

«E dove sta la novità, scusa?» Entrò, si guardò intorno, scosse la testa. «Ci saranno trenta gradi qua dentro e tu giri con quella coperta addosso?»

«A casa mia faccio quel cazzo che mi pare. E poi ho freddo.»

Si ributtò sul divano, il plaid appiccicato addosso.

«Perché sei ridotta così?»

«Non ne voglio parlare.»

Guardò la bottiglia d'acqua sul tavolo, il bicchiere di vetro, la cucina intatta.

«Hai mangiato, almeno?»

«Non lo so, non me lo ricordo.»

«Dài, ti preparo qualcosa io.»

«Cucini da schifo. E comunque non mi va niente.»

«Ti preparo una delle tue tisane. Ti farà bene.»

Lo vide curiosare tra i suoi infusi, cauto e attento, niente a che vedere con la volta precedente. Le mise sotto il naso una scatola di legno, il coperchio spalancato, invitante.

Rifiutò ancora. «Ti ho già detto che non voglio niente. E comunque eri tu quello che diceva che le cose non si risolvevano con le tisane.»

«Vuoi farci un bagno direttamente dentro, così ti calmi un po'?»

«Se sei venuto per offendere te ne puoi anche andare.»

«Ma che dici?»

«Sto dicendo che se sto di merda così è solo colpa tua! Hai scritto quella stronzata sul tovagliolo e mi hai mollata a quel tavolo come una cretina, insieme alla tua spazzatura. Mi hai fatto passare una serata talmente di merda che mi sono lasciata scopare dal primo che è passato. Mia madre sarebbe stata fiera di me. Tale madre tale figlia, no?»

«Forse non ho capito bene...»

Scalciò via la coperta, non aveva più freddo ora. La rabbia era lava cattiva dentro, lei la sputava fuori.

«E invece hai capito benissimo! Sesso, scopare, quella roba lì! Vuoi una dimostrazione pratica? Guarda, c'è il letto ancora disfatto...»

«Mia, ma... che stai dicendo? Che stai dicendo?»

Andrea era pallido e sconvolto come lei: l'aveva contagiato, ci era riuscita.

«Quel tovagliolo era solo un modo per dirti di prendere la vita con leggerezza! Uno scherzo!»

«*Fai del buon sesso, ecco la tua terapia.* Bravo, complimenti. Chi ti vuole bene non scherza con le tue debolezze. Non si prende gioco delle tue paure lasciandoti in un posto a portata di attacco di panico. Non cerca di accoppiarti con i colleghi in tutti i modi! Ti accetta per come sei. E basta.»

«Mia, le cose non stanno così. Non hai capito. Perché guarda che Enrico in realtà è...»

Non lo lasciò finire. «Invece sì! Ma adesso non devi più preoccuparti. Problema risolto!»

L'ira si sciolse in lacrime calcificate, che faticavano a scendere.

«Mi fate tutti schifo. Tutti.»

Andrea si avvicinò, lei tirò su con il naso, la sfiorò con una carezza appiccicosa.

«Vattene, non mi toccare.»

«Qualcuno ti ha fatto del male? Ti hanno fatto del male?»

Scosse la testa. «No, no. Ho fatto tutto da sola, credo. Cioè, io e quel coglione di Fabrizio Binetti.»

Si stropicciò il volto con le dita, le restarono sporche come si sentiva lei.

«Come sarebbe, *credi*?»

«Sarebbe che non lo so! Non mi ricordo niente. Abbiamo bevuto qualche birra. Poi black out. Mi sono svegliata mezza nuda con quell'altro che si depilava nel mio bagno. Umiliante, schifoso. Perché mi hai lasciata da sola in quello schifo di fast food? Perché non sei rimasto con me? Perché?»

Tutta la fragilità della sua amica gli colò addosso umida e scomposta, come il suo pianto irregolare. Era il momento di accogliere le sue lacrime, tutte, comprese quelle mai versate che le gelavano il cuore.

Mia gli inzuppava la camicia di sofferenza, sgualciva il tessuto candido così diverso dalla maglietta con i supereroi. Che non esisteva più. Come quell'Andrea bambino.

Le accarezzò i capelli. A Mia sembrò di nuovo una carezza cane-padrone.

«Mia... ti voglio un bene immenso, tu lo sai. Ma è ora di fare chiarezza. Impara tu per prima ad accettare le persone per quello che sono. Per come sono. Te stessa compresa.»

Andrea se ne andò, le impronte delle sue lacrime stampate qua e là sulla camicia. Il sole caldo di luglio le avrebbe asciugate. Lei restò a galleggiare nella sofferenza dei ripensamenti, sulla pelle la scia del suo profumo. Sola.

5.

Lara scostò il tendone pesante, percepì una zaffata di muffa e popcorn, inquadrò le file ordinate di poltrone in velluto sbiadito, i braccioli di legno, sicuramente scomode: un vecchio cinema, in tutto e per tutto. No, non può essere questo il posto. Ricontrollò il foglio che le aveva dato il medico. L'indirizzo era esatto. Entrò.

La platea, interamente femminile, le sembrava normale. Cosa si aspettava di trovare? Donne con un cartello appeso al collo?

Esitò ancora un momento, poi scivolò in avanti, scelse la fila più libera, quasi sotto lo schermo. Nel posto accanto, una tipa dai capelli sale e pepe registrava un messaggio vocale che si sentiva forte e chiaro anche da lì. Blaterava qualcosa su pavimenti pelvici e cambiamenti ormonali con una naturalezza che le invidiò. Quanti anni poteva avere? Almeno dieci più di lei. Le scrutò il girovita di nascosto. Era sottile, come quello delle sue ragazze.

«Scusi, è libero?» Un donnone in felpa fucsia si materializzò nel bel mezzo della sua investigazione. Lara annuì di malavoglia.

«Grazie, eh. Mi sistemo un momento con calma, ho fatto una corsa. Non mi perderei questo appuntamento per niente al mondo.» La tipa, che sembrava avere intenzioni molto più loquaci delle sue. «A proposito, io sono Barbara. Piacere» le tese la mano paffuta. Aveva pomelli incandescenti sulle guance. A Lara sembrarono catarifrangenti, e un po' lo erano davvero. Avrebbe scoperto che brillavano anche al buio.

«Lara» sibilò. Non riusciva a togliere gli occhi da quel sedere che si muoveva in continuazione, con saltelli impercettibili, per conquistare una posizione confortevole sulla poltroncina minuscola. Sarebbe diventata anche lei *così*?

«È la tua prima volta qui?»

Annuì, cercando di inquadrare di nuovo la tipa spigolosa nell'altro sedile, che adesso armeggiava con i cavi di un microfono.

«A parte le sedie scomode non è così male, sai?»

Le sventolò una barretta sotto il naso. «Riso soffiato e cioccolata. Ne vuoi una?»

«No, grazie.»

«Fai bene, non sanno di niente. Ma sai, nella nostra situazione se non ci teniamo diventiamo barili!» rise, mostrando denti piccoli e candidi, così minuti rispetto a tutto il resto.

A lei invece non veniva da ridere, per niente. Prese la borsa, si alzò.

«Perché te ne vai? Il bello inizia ora. Lei è bravissima!» le indicò Miss Pavimento pelvico, che adesso si era appesa un badge al collo ed era salita sul palco.

«Care amiche, benvenute. Questa sera si apre un nuovo ciclo di incontri. Sì, lo so, forse *ciclo* non è proprio il termine giusto, ma se siete qui vuol dire che siete pronte a prendere coscienza di quello che vi sta accadendo. Che è un processo assolutamente naturale. Perché, care amiche, non siete malate. Siete semplicemente in *menopausa.*»

Lara si afflosciò sulla sedia. Deglutì senza riuscire a mandar giù quella parola. La faceva sentire improvvisamente *vecchia.*

Quei segnali, quel malessere le avevano fatto sospettare (o forse sperare?) una nuova gravidanza. Anche se sapeva che diventare di nuovo madre a quarantadue anni non sarebbe stato facile. Però si sarebbe sentita molto giovane, molto moderna. E invece no.

Il suo ciclo, appunto, era finito. Un ciclo di vita intero. Era inconsapevolmente in viaggio su un vagone della terza età. I giochi erano fatti.

E adesso? Cosa succedeva adesso?

Adesso era lei a fare domande senza ricevere risposte.

Era lei quella ansiosa.

Avrebbe avuto il timore di farsi la pipì addosso ad ogni starnuto? Sarebbe ingrassata? Sarebbe diventata come le tipe degli spot, che sul più bello smollano i nipotini in altalena per correre al bagno?

No, nipotini non ne aveva. E meno male, perché se ne avesse avuti li avrebbe sgozzati nel momento esatto in cui avessero osato chiamarla *nonna*.

Orrore.

Le sembrava di somigliare sempre più a sua figlia. Insopportabile, arrabbiata con il mondo intero.

Immaginava già un brutto thriller in cui la circonferenza addominale aumentava, le ossa si sgretolavano, le finestre si spalancavano per cacciare via le vampate.

Ma la tipa raccontava un altro film, un'altra storia. Sorrideva. Lara era scettica, ma forse valeva la pena di sentire.

«Lo so che magari non siete preparate. Che siete spaventate. Ma non preoccupatevi. Non c'è niente di cui vergognarsi o da temere. Anzi, se l'affrontate nel modo giusto, la menopausa può aprire una nuova fase molto creativa e soddisfacente. In Giappone c'è un termine molto adatto per indicare questa transizione: *konenki*. Fate partire il video.»

La sala piombò in un buio denso. Fissò lo schermo come fosse una luce notturna di quelle che lasci accese per proteggerti dall'oscurità. Il buio da bambina non le aveva mai fatto paura.

Adesso un po' sì.

Capitolo 19

1.

Mia osservava gli addetti staccare i teli mare ormai sbiaditi, portar via le borse frigo superstiti e anche il mastodontico unicorno gonfiabile, con tanto di ciuffo arcobaleno, che l'aveva fissata negli occhi ininterrottamente per sessanta giorni. E in ognuno di quelli aveva dovuto fare i conti con qualcuno che protestava perché se lo voleva portare a casa, nonostante fosse solo d'allestimento.

"E se non lo vendete che lo mettete a fare? I bambini lo vedono e ci restano male! La prossima volta qui a fare la spesa non ci vengo più!" le sbraitavano addosso in quell'estate infuocata, mentre lei tremava sotto le scorie gelide del climatizzatore sperando che quella minaccia fosse vera.

La gente d'estate si rincoglioniva più del solito. Fortunatamente anche quella era alla fine, e aveva fatto schifo. Sperava solo che l'autunno le portasse... cosa sperava le portasse? Aveva sempre desiderato una beata solitudine e da quando aveva interrotto i rapporti con sua madre e sua nonna ce l'aveva. Assoluta. Una calma piatta in cui si era tuffata sempre volentieri, come faceva al mare, senza mai andare oltre le boe. Perché quella era la sua *comfort zone*, così diceva Andrea.

Ci aveva anche provato, poveretto, a fargliela superare. Adesso che si erano chiariti, per lui era tornato tutto come prima. Per lui, appunto. Lei ancora faceva i conti con il buco nero, la notte con l'ex compagno di scuola, che si era smaterializzato come la sua memoria.

Le vite degli altri andavano avanti. Andrea aveva cercato di trascinare anche la sua. A Ibiza per la precisione. "Dài, vieni! Ci pensi? Due settimane di musica, bella gente, *open bar*. Io, te, Enrico".

Sì, ci pensava e le saliva un prurito che se iniziava a grattarsi si portava via tre strati di epidermide.

Non si sarebbe mossa da lì, come l'unicorno gonfiabile. Al massimo un giro nella città deserta, che ad agosto ti mostrava chi era davvero. Piazze e strade vuote, nessuno in giro a rompere le palle. I turisti? Sì, quelli ogni tanto te li trovavi tra i piedi, ma erano facilmente gestibili. Lo sapevano che i piemontesi non erano tipi da grandi confidenze, così chi veniva a Torino se ne restava con il naso appiccicato a Google Maps, e faceva da sé. Tanto lo sapevano tutti che la città era tutta squadrata e perdersi era impossibile.

E se anche gli fosse successo, sarebbe stato meglio per loro se fossero rimasti alla larga da lei, che già doveva fare i conti con i clienti che la tormentavano con richieste assurde, incattiviti per la mancata villeggiatura. La cosa peggiore era che non poteva nemmeno schiacciarli come zanzare, altrimenti avrebbe perso il posto.

2.

E proprio ai licenziamenti stava pensando Lara, seduta alla scrivania, spalle nude, giacca sulla sedia, condizionatore a pieno ritmo; confusa da quel caldo asfissiante che continuava a sentire e da quella massa infinita di nomi e cognomi che le fluiva sotto gli occhi.

Che poi non era colpa sua. Erano i dati a parlare, le cifre a scegliere chi non *performava* in modo adeguato. Non lei. Il tratto di penna rossa sfiorò il foglio fresco di stampa, Lara tracciò un punto accanto a un nome senza cerchiarlo del tutto. Mordicchiò il tappo della biro, inquieta. A differenza delle volte precedenti i numeri si erano tramutati in esseri capricciosi, le sfuggivano, non le davano più alcuna soddisfazione. Le prestazioni del suo team erano deludenti: le ragazze avevano la testa ancora in vacanza. La sua non era da meno, anche se non si era mossa da Milano nemmeno un giorno.

Pigiò sul telecomando per aumentare la potenza del condizionatore: uno sbuffo gelido le scompigliò i capelli, che ora le carezzavano le spalle. Non li aveva più tagliati.

Konenki, pensò.

Non aveva confidato a nessuno quanto le stava accadendo. E poi, anche volendo, amiche non ne aveva.

A parte *le ragazze del cinema*.

Le vedeva due volte al mese. Barbara le era simpatica. Si tenevano il posto a vicenda, sempre lo stesso, seconda fila, sotto lo schermo. Quel buio, ora, non le faceva più paura. I segnali altalenanti della sua menopausa precoce, invece, la turbavano ancora, ma stava imparando a conviverci.

Quando Miss Pavimento pelvico, che in realtà si chiamava Amalia, saliva sul palco, lei ascoltava e basta. Non sentiva lo schienale che le pungeva l'osso sacro e nemmeno la puzza dei popcorn.

Percepiva quasi il profumo dei fiori, quello di cui vaneggiava Zita quando da ragazzina la trascinava in quei pellegrinaggi perpetui da Padre Pio. Lara arricciava il naso, si concentrava, ci provava tutte le estati, ma non sentiva proprio niente.

E ora spuntava a sorpresa in quel vecchio cinema.

Il konenki, aveva detto Amalia, andava pensato come una fase di transizione, un passaggio verso qualcosa di più intimo e prezioso. Un momento di nuova fioritura. Quello per *trasformare la passione, quel fuoco interiore, in calore per accudire se stessi. E i propri cari.*

"*Amàl*, non è che ci stai dicendo di starcene a casa a fare gli angeli del focolare perché siamo troppo vecchie per darci alla pazza gioia, vero?"

Barbara come sempre aveva ironizzato con la platea e così nella nuova fioritura era sbocciato un momento di ilarità generale.

Si era messa a ridere anche lei. Anche se con *i suoi cari* la situazione continuava ad essere sul *disastroso andante*, tanto per dirla con lo stesso linguaggio della sua amica.

Mia non la cercava più, si era isolata nel suo guscio di rabbia.

E lei ce l'aveva ancora con sua madre, per il modo in cui l'aveva trattata, per le parole che le aveva sputato addosso, ma non riusciva a odiarla del tutto.

Non era facile essere madre e in questo Zita era stata migliore di lei.

Sentì l'impulso di chiamarla. A cosa serve continuare questa guerra? Sbatterci in faccia quello che non siamo state e quello che non saremo mai?

L'avvolse un brivido freddo di solitudine.

Cercò il nome di sua madre. *Chiama mamma?* Lasciò la domanda lampeggiare sul display.

Cosa poteva dirle? Zita non l'avrebbe neanche ascoltata. Era presa dalle sue cose, il fidanzamento, questa sua *seconda giovinezza*.

In passato c'era stato un momento in cui l'aveva messa al primo posto. Si era presa cura di lei e della bambina che le cresceva dentro.

Dopo lo sgomento iniziale, Zita aveva cacciato la vergogna, stroncato sul nascere ogni pettegolezzo con un piglio deciso.

"Sarà una ragazza madre, e allora? Non siamo mica nell'Ottocento che bisogna scandalizzarsi. E poi dove sta scritto che per crescersi un figlio c'è bisogno di un uomo?"

Lo ripeteva tutti i santi giorni anche a Tore, per convincerlo. A lui e a tutti quelli che i fatti propri non se li volevano fare. Forse perché avevano grane peggio delle sue e allora concentrarsi su quelle degli altri gli alleggeriva il peso. "Sì, adesso siamo a due sputi da Torino e non in Meridione, ma qui non è poi tanto diverso. Tutti vogliono sapere i fatti di tutti lo stesso. Senti a me Tore, tutto il mondo è paese".

E dài oggi, dài domani, un po' di quella grinta l'aveva trasmessa anche a suo padre. Che quella nipotina l'aveva amata incondizionatamente. Come non aveva fatto con lei.

Lei che origliava i loro discorsi dal corridoio, si guardava allo specchio, non si riconosceva, allentava la cinghia dei jeans. Sua madre le era stata vicina e Lara in quei nove mesi glielo aveva permesso.

A suo modo era stata materna. Anche quando più che a lei parlava alla sua pancia. E invece lei con Mia non c'era mai riuscita. E adesso era tardi per cambiare le cose.

O forse no.

3.

Zita era già fuori da un pezzo: quella mattina di cose da fare ne aveva a non finire.

Tore, Tore prima di tutto, aveva pensato appena sveglia. Ma poi c'era stata la telefonata di Santo, e quella di Lisetta e pure Caterina che la doveva vedere perché sua nuora stava organizzando una festa e lei non sapeva cosa mettersi.

Fatto sta che, tra una cosa e l'altra, al cimitero ci era arrivata quasi a mezzogiorno.

«Ciao, hai visto che sono tornata?»

Salì la scala, le dita strette al passamano arrugginito.

Si fermò al penultimo gradino, sistemò i capelli che la vacanza aveva schiarito di riflessi dorati.

«Che c'è? Mi tieni il muso? E guarda, mi dispiace che fai così. Ma ha fatto tanto caldo. L'estate più calda degli ultimi sessant'anni, dicono! Se stavo qua, Tore mio, di sicuro facevo la tua fine. Non per mancarti di rispetto, eh...»

Gettò i fiori freschi che in effetti si erano rinsecchiti e piazzò al loro posto un mazzolino di tessuto che aveva recuperato al volo da casa. Certo, una rinfrescatina in lavatrice gli avrebbe fatto bene, ma l'aveva già riempita per lavare costumi e accappatoi. Ci soffiò sopra un paio di volte. «Eh, lo so che i fiori finti non ti piacciono. Accontentati, dài. Le rose non ho fatto in tempo a prendertele, ho ancora i bagagli tutti da disfare. Porta ancora un po' di pazienza. Però ti ho portato l'immaginetta di Santa Rita, che ti tiene compagnia.»

Sfilò dalla borsetta la foto della santa. «Che dici, volevi Padre Pio? Eh Tore, ma anche tu. Cambia un po', no? Mica nella vita bisogna fare sempre le stesse cose! E poi i santi sono santi. Là dove stai tu dovresti saperlo meglio di me. Anzi, più te ne ingrazi e meglio è.»

Sistemò l'immagine nel mazzetto di stoffa.

«E comunque a San Giovanni Rotondo ancora non ci sono andata. Sono andata in Romagna. Lo so che te la ridi, ché tu là non ci volevi mettere piede. Dicevi che quello, *mare*, non lo si poteva chiamare. Te lo ricordi, vero?»

Arretrò di qualche gradino lentamente.

«Comunque te lo devo dire. Non si sta così male. Sono andata all'albergo e avevamo la nostra sdraio, il lettino, i teli di spugna belli puliti. Ce li cambiavano tutti i giorni. Certo, io il bagno non l'ho fatto. Solo poco poco i piedi, qualche camminata per combattere il caldo.»

Scese l'ultimo piolo, spostò la scala e continuò a parlare a testa in su, guardando Tore che le sorrideva dalla cornice d'argento, accanto a Santa Rita, senza guardarla negli occhi.

«Che cosa vuoi farci, Tore. Il tempo passa, s'invecchia, bisogna adattarsi. Tu ora questo problema non ce l'hai più, però io sì.»

Il campanile della chiesa scandì tredici rintocchi.

«Ecco, lo vedi? Già l'una si è fatta. Me ne devo andare. La prossima volta che vengo ti porto di nuovo le rose, promesso. Per oggi accontentati di Santa Rita. E mi raccomando, a quella testa matta di Mia pensaci tu: con me non ci vuole parlare proprio. E sì, pure a Lara buttaci un occhio. Quell'altra solo ogni morte di papa si fa sentire. Adesso fammi andare ché mi aspettano. Ciao, ciao.»

Soffiò un amen, un segno della croce al contrario e un bacio volante.

Capitolo 20

1.

Se volevano che la sorpresa riuscisse dovevano fare tutto da soli. O quasi. Faceva eccezione Lisetta, che adesso le aveva dato un foglio con scritte troppo piccole e prezzi troppo alti.

«E i polipetti di mare li volete mettere?» stava chiedendo ora, gli occhi celesti come il padre, svegli svegli, che zampettavano di continuo da un punto all'altro. «O preferite la crema di scampi?»

Aveva solo qualche anno meno di Lara, ma sembravano distanti anni luce; Zita l'aveva capito sin dal loro primo incontro, quando si era presentata con i capelli di una lunghezza e tinta a caso, una pinza di plastica per non farli scivolare sul viso da ragazzina acqua, sapone e rughe. Quelle le erano venute presto, troppe lacrime per la perdita improvvisa del fratello maggiore. "Daniele si chiamava, sa?" le aveva confidato mentre sbucciava le verdure per il minestrone, in uno dei loro primi incontri, quando le dava ancora del lei.

Sì, lo sapeva. Santo glielo aveva detto. La sera degli spaghetti nel cigno di domopak. E lei gli aveva voluto un po' più bene.

Avevano sofferto insieme per quella perdita, lui e Lisetta, che quelle rughe se le teneva, ci si era affezionata, non voleva coprirle con il fondotinta.

Ma oggi, visto che dovevano andare in un posto elegante, si era legata i capelli in una coda sottile come lei e passata un velo di rossetto che le stava davvero bene. Tante volte si era domandata, quando la vedeva nei jeans e maglioncini anonimi, come potesse essere la figlia di Santo. Mentre il cameriere poggiava sul tavolo piattini piccoli piccoli con dentro poco e niente, pensò a Lara e Mia. Mah, vedi, a volte i figli ai genitori non ci somigliano proprio. Almeno Lisetta si metteva le scarpe da ginnastica candide e fresche di bucato, non come gli stivaloni orrendi di sua nipote.

Tornò a concentrarsi sulla faccenda dei polipetti e della crema di scampi mentre un secondo cameriere le sostituiva posate che non aveva nemmeno usato. Era davvero un posto raffinato: la tovaglia bianca di lino, le vetrate da cui vedevi le siepi, tutte tagliate alla stessa altezza, precise precise. E poi il giardino, le statue intorno allo stagno e dentro i pesci, talmente grandi che sembravano trote; le venne il dubbio che sguazzassero lì per finire nei piatti al posto di orate e branzini, ma poi pensò che quello era un posto da ricchi e di sicuro i branzini erano *veri*.

Quando si era affacciata a vedere il panorama, che abbracciava tutta Torino, si era sentita in soggezione.

"Non sarà un po' troppo per noi, Santo?" gli aveva chiesto mentre cercava con gli occhi la Mole, la Gran Madre, il Po.

"E perché, Zita? Chi ce lo dice cosa è troppo e cosa no? Basta che siamo contenti noi".

Si erano seduti attorno a un tavolo rotondo, bardato a festa e apparecchiato solo per loro, anche se erano appena le cinque e mezza del pomeriggio; Zita si era stupita, ma Lisetta le aveva spiegato che le degustazioni dei menu si fanno così, come è giusto che sia per un'occasione importante.

A lei era tornata in mente la sua *altra* occasione importante, quella dove i soldi per il ristorante non c'erano, e allora lei e Tore, dopo il sì in municipio, avevano fatto il buffet nella sala da pranzo spostando i mobili da un lato per farla sembrare più grande. E metà dei panini li aveva imbottiti lei in cucina la mattina stessa, con l'abito da sposa già addosso, perché all'ultimo le era venuta l'ansia che quelli della pasticceria non bastassero: i parenti di Tore erano di bocca buona, anche troppo, e lei cattive figure non ne voleva fare.

«Zita, allora cosa scegliamo? La crema o i polipetti?»

Era riatterrata nel suo presente, più confusa di prima, seduta a quella tavola in pieno pomeriggio, circondata da vassoi minuscoli in cui nemmeno capiva che c'era dentro. E le era uscita fuori quella frase spontanea, ma Santo, Lisetta e la cameriera l'avevano guardata come una marziana: «Ma scusate, il pesce lo dobbiamo mettere per forza? Torino mica è città di mare, no?»

2.

«Desidera?» Il volto inespressivo della receptionist la fissava come un giorno qualunque del calendario.

Mia le rispolverò la memoria: «Sono un'amica di Andrea. Il dottor Viotti» specificò. «Ci siamo già conosciute.»

«Ah sì. In effetti la sua faccia non mi era nuova...» arricciò il naso sopra le guance da criceto paffuto. «Comunque, il dottore non c'è.»

«E quando torna?»

«Chi lo sa. Ha avuto un'urgenza.» Sfogliò un'agenda senza guardarla.

«Posso aspettarlo?»

«Se vuole è libera di farlo. Ma penso sia assolutamente inutile. Chissà quando rientra. Se rientra...» Mia restò impalata a fare i conti con la sua delusione.

Fuori impazzava il diluvio universale. Sulla porta a vetri comparve la sagoma di un uomo: impermeabile, ombrello, valigetta. Identica a quella di Andrea. Ah, eccolo, vedi che torna, si rianimò. Lo sapevo, figurati se...

«Buon pomeriggio, dottor Riccardi» squittì Miss Criceto e

l'illusione scoppiò, bucata dall'eco di un tuono.

L'uomo fece alcuni passi nel corridoio, poi si fermò.

Mia tentò di mimetizzarsi, voleva essere un camaleonte, lì e ora. Subito. Si appiattì sul banco della reception.

«Scusi, che sta facendo?»

«La porta... se me la apre me ne vado» bisbigliò, sperando di non essere sentita.

La receptionist brandì il telecomando e con un sorriso glitterato fece scattare il pulsante d'apertura.

«Bastava dirlo.»

Troppo tardi. Qualcun altro l'aveva già riconosciuta.

«Mia?»

Enrico la guardava, protetto nel suo trench con la martingala, gli occhi verde muschio, intensi e interrogativi.

«Oh, ciao» abbozzò indifferente «anche tu qui?»

«Veramente lui qui ci lavora» intervenne l'altra ringalluzzita.

Enrico la ignorò. «Posso aiutarti? Hai bisogno di qualcosa?»

«Ma no. Ecco, io passavo di qui per...»

«Per la selezione, è vero! Allora Andrea te ne ha parlato... Non sapevo se ti interessasse.»

E in realtà non lo sapeva nemmeno lei, ma adesso Enrico le stava sorridendo e lei non aveva voglia di fare, di nuovo, una figura di merda dicendo che no, non sapeva proprio una beata mazza.

«Ah sì, infatti. Mi interessa moltissimo.» Sorrise anche lei. Le venne fuori una smorfia scoordinata di chi non sa mentire.

«Dài, bene. Vieni, ti faccio il colloquio io. Signorina, non mi passi telefonate.»

«Sì, dottore» obbedì mansueta Guance da criceto smettendo di guardarla come al solito, perché era chiaro che, dal modo in cui i *dottori* se la contendevano, qualcosa di speciale ce lo doveva sicuramente avere da qualche parte.

Mia entrò nella stessa stanza da cui aveva guardato il profilo della

Mole, qualche mese prima, quando il suo piccolo mondo iniziava a scricchiolare a tutta velocità.

Enrico abbassò la tapparella, svanirono spicchi di nebbia e cielo, si materializzarono tutte le sue paure. Ci mancava solo un cazzo di colloquio a sorpresa. I codici morso si agitavano nella pancia, lei fissava la moquette. Avrebbe voluto essere un acaro o un altro essere minuscolo, come succedeva a quel tipo in quel racconto di cui non aveva capito niente. Andrea ci aveva perso la voce a spiegarle la metafora e tutto il resto. Ma lei si era incaponita: uno scarafaggio resta sempre uno scarafaggio.

La luce artificiale esplose nella stanza.

«Iniziamo da questo» le passò un questionario. «Riconoscerai un vecchio amico. Sei pronta?»

No, non lo era per niente.

A rispondere alla domanda dell'omino nel frullatore che la fissava beffarda in cima a tutte le altre.

E nemmeno a quello che stava vedendo ora. Mentre Enrico sistemava i test da compilare, Mia notò due iniziali impercettibili ricamate sul polsino di una camicia che aveva già visto. Due iniziali che non erano le sue: AV.

Capitolo 21

1.

«Dài Caterina, smettila di guardare l'armadio. Tanto di tutto quello che hai là dentro a tua nuora non piacerà niente...»

«No, qualcosa ci sarà di sicuro. Questo, ecco, guarda questo...» Sfilò un tubino in taffetà blu con un colletto di perle. «Te lo ricordi che lo indossavo quando andavamo a ballare? Augusto diceva sempre che...»

«Caterina, quello che diceva Augusto mo' mettilo da parte. Tua nuora, quella tiene i gusti difficili, tutti raffinati. Non alla buona come quelli di Augusto.»

Certo Caterina faceva proprio delle pensate strane. Cosa le veniva in mente di paragonare suo marito, buonanima, a quella ragazza tutta spigoli, specialmente il carattere. Di quelle che ti guardano sempre dall'alto in basso credendosi chissà chi, con quel naso tutto perfetto, che poi, che non era farina del suo sacco si vedeva lontano un miglio. A lei non era mai piaciuta. Pure perché a Carlo Maria il lavaggio del cervello gli aveva fatto. Ché prima era così un caro ragazzo, affabile, bella presenza, certo sempre buttato tra leggi e scartoffie da mattina a sera, ma guai a saltare un pranzo da sua madre. E intanto mentre si faceva il mazzo chissà la sua mogliettina che combinava. L'aveva messa in guardia, *Caterina, stai attenta a tua nuora*, ma niente da fare: la sua amica la malizia nei pensieri non ce l'aveva. Troppo buona. Anche un po' fessa certe volte. E infatti adesso al posto del figlio le arrivavano tutte quelle robe moderne che lui le faceva spedire per alleggerirsi la coscienza per tutti i pranzi saltati.

Il campanello trillò.

«Vai tu, Zita?»

Obbedì e si ritrovò tra le mani un pacco con mittente Carlo Maria.

«Tuo figlio ti ha mandato qualche diavoleria. Che faccio, apro?»

«Sì, sì, fai tu.»

Caterina continuava a scorrazzare nella cabina armadio, tra vestiti e pensieri troppo stretti.

«Oh, guarda. Un bellissimo... frullatore.»

Caterina sollevò appena lo sguardo.

«Ma sei sicura che sia un frullatore? Ha una forma strana.»

«Aspetta, leggiamo. È scritto piccolo. Vieni tu, ché io non leggo niente. Mi sa che si è abbassata la vista.»

Non era vero, ma in qualche modo doveva tirarla fuori. Dall'armadio e dai pensieri.

«ESTRATTORE c'è scritto, Zita. E anche in stampatello. A me pare si legga benissimo.»

«Ah, estrattore. Bello, bello proprio. Serve sicuramente.»

«Sì, sì...» Caterina si grattò il naso. «Ma a cosa, secondo te?»

«Caterina, non è che posso sapere sempre tutto, eh. Chiedi a Mia, lei di questi aggeggi se ne intende.» Richiuse la scatola con una punta di invidia. «Vi vedete ultimamente, no?»

«Sì, ogni tanto.»

«Ecco, allora glielo fai vedere e vedrai che lei ti racconta vita, morte e miracoli. Adesso cerchiamo di risolvere 'sta questione del vestito tuo. Che poi, non per metterti fretta, ma pure al mio devo pensare. Lisetta dice che è già tardi, che bisogna partire un anno prima almeno. Una cara ragazza, sia chiaro. Ma non mi dà tregua.»

«Si preoccupa, Zita. Si vede che ci tiene a fare le cose per bene.»

«Quella, te lo dico io che per lavorare al catasto in Comune è proprio sprecata. L'organizzatrice di nozze doveva fare.»

Si sedette sul copriletto di pizzo, quello del corredo, che l'amica teneva come una reliquia.

«Ma quando te lo metti un piumone col sacco, Caterina? È così comodo!»

Caterina la guardò crucciata. «Zita mia, guarda che eleganza e comodità non vanno sempre a braccetto, sai?»

Riprese il vestito blu con gli inserti di perle.

«Ci sono affezionata...»

«Fai un po' come vuoi. Ma se non piace a tua nuora non ti lamentare che non ti ho consigliata.»

Caterina guardò di nuovo l'abito, con un dubbio improvviso.

«Che dici, prendiamo un taxi e andiamo in via Roma? Adele mi ha dato l'indirizzo di un negozio. Giusto per dare un'occhiata, no?»

Nella vita ci voleva una pazienza infinita. Pure con le amiche. Specialmente quelle più anziane. E infatti adesso che si erano fatte tutto il *tran tran* ed erano lì, davanti al negozio aperto, Caterina non si decideva a entrare.

«Dài, andiamo a vedere, siamo venute fin qui apposta. Così almeno chiediamo i prezzi, ché nemmeno ci sono.»

«Perché è un atelier. I modelli li creano su misura.»

«Pure il prezzo ti fanno su misura, mi sa!»

Zita poggiò i palmi pieni sul vetro, spingeva, ignorando il piccolo campanello in ottone davanti al suo naso.

Una commessa, carré squadrato al millimetro, aprì premurosa la porta.

«Posso esservi utile?»

«La mia amica qui ha bisogno di un bel vestito. Voi ne avete?»

No, perché a veder da fuori non si direbbe, avrebbe voluto aggiungere. Il negozio le sembrava tutto fumo e niente arrosto. Uguale alla nuora di Caterina. Per carità, i divani erano candidi, paffuti, sicuramente comodi. E anche i camerini, che a occhio e croce erano più spaziosi del suo tinello.

«Certamente, signora. Questo è uno *show room*. Ci sono i campionari delle sfilate. Gli abiti, *eventualmente*, vengono confezionati su misura.»

«E dove sarebbero 'sti campionari?»

«Sono nell'altra sala» temporeggiò la commessa. «Solo che... non sono certa che questo sia il posto adatto a voi. Posso consigliarvi un negozio che fa al caso vostro non lontano da qui.»

«Eh?» Zita la guardò stralunata. Che cavolo stava dicendo quella spocchiosa? Adesso gliene cantava due e la metteva a posto. Caterina, senza scomporsi, aprì la borsetta ed estrasse un biglietto da visita.

«Ci manda mia nuora, Adele Giordano della Valle.»

La faccia quadrata della commessa mutò all'istante, come accadeva tutte le volte in cui Caterina metteva da parte la sua riservatezza e si giocava il jolly. La lingua dell'altra inciampò in una marea di vocali aspirate: *oh*, *ah*, *uh*. E subito si fece premurosa portando addirittura tè e biscottini. Zita si era messa comoda, la cosa pareva piuttosto lunga. La commessa, ora tutta miele e zucchero, continuava a mostrare abiti di gran lusso: una sfilata di ricami, paillettes, pizzi, merletti e chi più ne ha più ne metta. Caterina sembrava ringiovanita di colpo: gli occhi celesti, improvvisamente vivi, scivolavano su nuvole di chiffon, luccicanti come i brillantini appiccicati sopra. Stai a vedere che quella piattola di sua nuora finalmente ne aveva combinata una giusta. Adesso stava valutando un abito fior di pesco.

«Zita, che dici? Non sarà troppo con queste balze? E poi il colore? Magari meglio un bel grigio? Un blu scuro?»

«Grigio? Eh, che novità. Sono dieci anni che ti vesti di grigio, di nero, di blu. Che tra te e Mia non so chi ha più fantasia, guarda. Adesso fammi il favore: entra in quell'*ambaradan* di camerino e provatelo.»

«E va bene» si convinse.

Quando uscì con quel vestito da favola addosso, Zita si commosse.

«Guarda! Guardati come sei bella!»

La raggiunse accanto al grande specchio, gli occhi lucidi. Le spostò un ciuffo di capelli corti dietro le orecchie, per scoprire i minuscoli orecchini di perle, che non toglieva mai. «Magari se ti fai crescere un poco i capelli te li puoi tirare su...»

«Eh sì, magari li faccio crescere. Zita, che emozione. Vedersi così, pensare a te, a quello che succederà...»

Caterina si tamponava gli occhi con il fazzoletto ricamato, Zita si soffiava il naso in quello di carta, mannaggia alla sua amica, mannaggia.

La commessa Zucchero & Miele annusò il profumo della seconda possibile vendita e colse al volo l'attimo di pathos.

«E lei signora, non prova niente? Voglio mostrarle un abito zaffiro che sarebbe perfetto con il suo splendido biondo dorato.»

«No, no. Non è roba per me questa» scosse il capo senza convinzione.

Lo sguardo di Caterina incrociò complice quello della commessa che ripartì all'attacco.

«Provare non costa nulla... Solo per vedere come lo indossa...»

Qualche istante dopo, mentre la seta blu le accarezzava la pelle, pensò che una meraviglia così non l'aveva indossata mai. Alle sue nozze con Tore si era dovuta accontentare di un vestitino bianco con giusto un poco di merletto sotto, altrimenti il buffet per tutti quei parenti come lo avrebbero pagato?

Pensò alla faccia che avrebbe fatto Santo vedendola così. Nello specchio il riflesso del sogno presente incontrò quello passato: rivide lo sguardo di Tore, gli occhi a mandorla di cui si era innamorata, scuri come quelli dei tuareg che manco sapeva chi fossero, ma poi un giorno aveva visto una foto sul sussidiario di Lara e aveva capito. E alla sera quando era andata a dormire glielo aveva detto a Tore che sembrava un arabo, con quella punta di malizia che a quell'età ci stava ancora bene. Avevano fatto l'amore ma in silenzio, perché a quel tempo certe cose si facevano così.

2.

Mia lanciò il dado. Tre, casella Le Vallette: in prigione senza passare dalla casella *'Nduma*.

La pedina di Andrea, intanto, avanzava a tutta velocità.

«Oh, guarda: piazza Vittorio Veneto! La compro e metto case.» Pescò una manciata di casette gialle tutto soddisfatto.

«Ecco, bravo. Adesso mi diventi pure capitalista.»

«Chissà. Dal momento che tu ti presenti a sorpresa a fare colloqui di lavoro, tutto può succedere. Quando pensavi di dirmelo?»

«Vedo che le notizie viaggiano in fretta. Per essere dei cacciatori di teste direi che anche con il gossip ve la cavate bene.»

«Vuoi mettere? Tu che vai spontaneamente a una selezione! Questo non è gossip, ma prima pagina! È ovvio che Enrico me l'abbia detto subito.»

Mia prese un cartellino giallo-blu: *sei talmente alle pezze che devi vendere la maglietta autografata dei Righeira*. Sbuffò.

«E comunque non ero lì per il colloquio. Cercavo te che sembravi scomparso nel nulla. Invece è arrivato lui. E le cose sono andate diversamente. A proposito, dov'eri?»

«Mah, non so, non mi ricordo...» Andrea prese ad allineare i cartoncini con attenzione improvvisa. «Comunque Enrico ti ha portato fortuna. Sei nella rosa dei candidati selezionati...»

«Smettila di dire cazzate.»

«Non sto scherzando. Te l'ho sempre detto che per quel supermercato eri sprecata. Hai avuto un punteggio ottimo. Quasi da *nerd*.»

«Dici sul serio?»

«Sì. Hai sbagliato solo la domanda dell'omino nel frullatore.»

«Ecco! Bastardo di un omino. Ma perché lo piazzate sempre dappertutto?»

«Test psicoattitudinali. Servono per valutare le competenze del candidato.»

«Ho capito, ma se uno ti deve assumere per coltivare chiodi di garofano o friggere patate, cosa vuoi che gliene freghi di quello che faresti tu, dentro un frullatore, con le lame che stanno per muoversi, ridotto alle dimensioni di una moneta da cinque centesimi? Credimi, è una domanda del cazzo.»

«Farò presente le tue proteste. In ogni caso non ci è ancora capitato di selezionare coltivatori di chiodi di garofano. Potrebbe essere una nuova nicchia di mercato. Grazie del consiglio.»

Rise mentre lanciava il dado. Doppio sei, ti pareva. *Piove sempre sul bagnato*, avrebbe detto Zita. Mia si morse il labbro, allontanò il pensiero, nervosa.

«Comunque, se me la fanno di nuovo, sappi che farò in modo che l'omino venga disintegrato e la smetta di tormentare tutti quelli che cercano lavoro.»

«Aspetta. Aspetta. Mi stai dicendo che sei disponibile a fare altri colloqui?»

«Non lo so. Vediamo. Una cosa per volta. Finiamo la partita, adesso.»

Osservò la pedina inchiodata all'angolo del tabellone, si sentiva impantanata allo stesso modo. Per quanto cercasse di smuoversi, di avanzare, arrivava sempre qualcuno o qualcosa che la rimetteva all'angolo. Come quella busta, fresca di giornata.

Il segnaposto di Andrea galoppò fino in corso Moncalieri.

«Magari metto qualche albergo...»

«Ecco, bravo. Metti direttamente il Principi di Piemonte, così ci inviti i tuoi amici di Ibiza. E magari 'sto gioco lo fai con loro. Nel frattempo io mi faccio una tisana.»

«Vedi che non sai perdere? Che ne è stato del tuo spirito di combattimento?»

«È morto. Come il tizio nel frullatore.»

Guardò incerta gli infusi nella dispensa: per un attimo le sembrarono tutti uguali.

«Okay, okay. Lasciamo perdere TorinoXXL! E anche i tipi nei frullatori. Arriviamo al dunque. Perché è ovvio che c'è un dunque. Ti dico che hai passato una selezione e tu sei incazzata come una iena.»

Andrea le sbucò alle spalle. «Allora, c'è un dunque, Mia?»

«Guarda nel mio zaino rosso. Tasca davanti.»

Aprì la cerniera ed estrasse una busta color avorio.

«Ah, ecco. Ora tutto torna. Anche il tuo malumore.»

Lasciò andare la busta sul tavolo come se scottasse.

«Davvero, Mia, non so cosa dire...»

«E che vuoi dire? *Felicitazioni. Complimenti.* Ci sarebbe anche *auguri e figli maschi* perché tanto con mia nonna non si sa mai.»

Tuffò le bustine di tiglio e melissa nel bollitore. Un paio di gocce le schizzarono sull'indice. Aprì l'acqua fredda, la lasciò scorrere in quantità eccessiva per la scottatura impercettibile.

«Almeno il tuo senso dell'ecologia tienilo in vita.» Andrea richiuse il rubinetto.

«Lo sai che non è da quel dito che arriva il dolore che senti.»

«È che non mi aspettavo che succedesse. Non così in fretta, almeno. Cioè, lo so che mia nonna un po' è sbarellata. Ma le nozze, ti rendi conto? Che bisogno c'era?»

«Chiedilo a lei. Le hai parlato?»

«No, non ancora. Ma questa cosa che mi manda l'invito per posta, come una lontana parente, mi manda fuori di testa!»

«E tua madre come ha preso la notizia?»

«Non lo so. Ho provato a chiamarla, ma niente. Non risponde. Se ne fregherà come sempre.»

«Ho capito, qui ci vuole una terapia d'urto. Se il destino vuole giocare, assecondalo. Cambia le carte anche tu. Mettiti il giubbotto.»

«Ma se ho già il pigiama! Non ci penso nemmeno.»

«E io non ci penso nemmeno a lasciarti qui. Che poi chissà, mi finisci a letto con qualche ex compagno di scuola. Andiamo!»

Si ritrovò ai Murazzi, la giacca a vento sopra i pantaloni del pigiama, il Po che scorreva sotto; una birra in mano, un bicchiere di plastica sul muretto, il mondo che le girava intorno. Andrea, che di birre ne aveva bevute tre, aveva allentato la cravatta e sbottonato il cappotto, anche se l'aria era quella pungente di fine autunno. Rideva e diceva cose cretine per far ridere anche lei.

«E tu, invece, quando pensavi di dirmelo?»

«Che cosa?» raddrizzò la schiena, tornò serio.

«Di te ed Enrico.»

«Come... Come lo hai scoperto?»

«Al colloquio. Enrico aveva addosso una tua camicia, quella da fighetto con le iniziali ricamate sopra. Avrò pure sbagliato la domanda del tipo nel frullatore, ma so ancora fare due più due.»

«Ci ho provato a dirtelo, sai?» Bevve un sorso di birra, scosse la testa. «Ma c'era sempre qualcosa di più importante di cui parlare. Tua madre, tua nonna, il suo fidanzato, gli altri tuoi casini.»

Lei annuì, le labbra sporche di schiuma, il sapore di malto scadente in bocca, pensieri e parole impastate con il senso di colpa.

«Che schifo di amica che sono...»

«Ma no. Non sei così male in fondo. A Enrico piaci.»

«Mi piace anche lui. Ha una bella faccia, un bel cervello. E in fatto di camicie ti ha proprio cambiato la vita, fattelo dire. Ne ho in mente ancora una salmone che mi fa rabbrividire.»

«Ah, e me lo fai sapere così, diretta?»

«È serata di confidenze, no? E poi sono mesi che mi dici di lasciarmi andare e tutte quelle menate.»

«Allora brindiamo. Resta inteso che se ci provi con il mio ragazzo ti butto giù di sotto. Sappilo. Anche se dopo Binetti in effetti sarebbe un bel miglioramento!»

«Nominalo un'altra volta e sotto ci finisci tu!»

La bottiglia questa volta la stappò lei. La schiuma risalì l'orlo del bicchiere, il freddo il Lungopò. Mia si strinse nella giacca a vento. Incontrò le braccia di Andrea, sicure, che arginavano il gelo delle mezze verità. Si riprendevano il calore dell'amicizia.

«A proposito di confidenze. Vuoi sapere qual è la soluzione della domanda dell'omino nel frullatore?»

«Che il tipo finisce frappé e siamo tutti felici e contenti?»

«No. Saltare fuori.»

Restò in silenzio a fissare il fiume. Le bottiglie di birra finalmente vuote. La testa non le girava nemmeno. Alla fine stava imparando a reggerla, la vita.

3.

Lara si rivestì con movimenti più lenti, diluiti nel solito rituale. Tutto si era svolto come sempre, copione identico, stanza, sesso, sigaretta elettronica. Era cambiato solo l'orario. *Vediamoci dopo cena*, gli aveva scritto in chat. Lui, ovviamente, si era organizzato. Pregustando un dolce più piccante della torta di mele fatta in casa. E adesso, pacifico come sempre, svaporava nuvole mentolate nella stanza del motel. Lara tirò su la zip della longuette, ravviò i capelli che ormai le sfioravano le spalle, prese nota della fragranza su cui si sarebbe dissolta anche quella sera, così diversa da tutte le altre.

Meritava di meglio. Meritava di più. Pensò al konenki, al percorso che stava facendo, a come canalizzare l'energia dei desideri.

Adesso che la decisione era presa, sentiva caldo e voleva sfilarsi la camicia appena abbottonata, ma sapeva come sarebbe andata a finire. Non era una buona idea. Voleva fare un'uscita di scena in grande stile. Raggiunse il terrazzino, quello che avevano sempre tenuto chiuso, serrato, come le loro bocche, come quella specie di relazione. Lo spalancò, inspirò più aria possibile.

Spaccacuore la raggiunse, preceduto dal profumo di menta.

«Lolita, qual è il tuo vero nome?»

«Lara.»

Le sembrò di essere in un revival di *Dirty Dancing*. L'aria di novembre le pizzicò la pelle. Le diceva di restare vigile, non era quello il momento di accorciare le distanze.

«Lara... È un bel nome.»

Le strizzò l'occhio come un ragazzino.

Non lo erano più, entrambi da un bel pezzo. Quel pizzicotto freddo l'aveva risvegliata dal torpore, dall'incantesimo che lei stessa aveva realizzato. Osservò l'interno della stanza: lenzuola di seta, diffusori di essenze, lingerie; quattro stelle appiccicate per dare un tono a qualcosa che in fondo restava esattamente quello che era. Un motel a ore, appunto.

Rientrò, infilò il cappotto.

«Alla prossima, Lara...»

Spaccacuore cercò le sue labbra per un bacio che atterrò sulla guancia.

«Alla prossima» gli mentì, uscendo dalla stanza.

Salì su un taxi, abbassò i finestrini, le arrivarono in faccia le carezze taglienti di quella notte d'autunno. Pungevano, come gli schiaffi che ti prendevi per il tuo bene. Lolita cessava di esistere in quell'istante.

Capitolo 22

1.

«A quest'ora l'avranno ricevuta tutti.»

Zita prese con la punta delle dita un calice di cristallo, delicato come tutta quella faccenda. Lo piazzò tra gli altri già sul tavolo, ognuno con la sua bella dose di polvere che quel giorno si era messa in testa di cacciare via. Si era svegliata con quel pensiero e, con il caffè che doveva ancora salire, lo aveva detto anche a Santo, in pigiama, la tazza vuota, una fetta biscottata nella stessa mano in cui ora teneva il panno in microfibra.

«Credo di sì. Lisetta le ha spedite tutte con posta prioritaria.»

«Sì, ma la posta funziona e non funziona. A volte pure le raccomandate ci mettono una vita ad arrivare.»

Zita si arrampicò sulla sedia, le ciabatte a schiacciare i dubbi e il cuscino imbottito, individuò nella vetrina sei flûte nuovi, la base di cartone sotto, le etichette appiccicate sopra. Per paura di romperli non li aveva mai usati: bastava niente e si frantumavano in mille pezzi.

«Lisetta si è spedita una partecipazione anche al suo indirizzo.» Il panno roteò all'interno di un bicchiere già lucido. «Le è arrivata ieri.»

«Ah. Ho capito. Certo, allora se è così, la questione cambia.»

Fissò il set di calici, indecisa. Doveva tirarli fuori o continuare a lasciarli in vetrina, impolverati com'erano? E se ne scheggiava uno? Le sarebbe rimasto il set tutto spaiato e di sicuro non lo ricomponeva più. Li aveva comprati dalla signora delle bombole per la comunione di Mia. Poi avevano usato quelli di plastica per comodità, ma così almeno le era rimasto il ricordo intatto.

«Tu non hai sentito nessuno? Tua nipote non ti ha telefonato?»

Zita scese dalla sedia a mani vuote.

«No, nessuno. Silenzio di tomba.»

«E scusa, allora chiamala tu. Le chiedi come sta, se le è piaciuta la partecipazione. Invitala a mangiare qualcosa con noi.»

«Santo, tu Mia non la conosci proprio. Di mangiare gliene importa poco e niente, al ristorante poi meno che meno.»

Guardò l'esercito di vetro sul tavolo che Santo stava dividendo in due blocchi, puliti a destra, sporchi a sinistra. Stava cercando di aiutarla, si vedeva, ma in quei giorni lei aveva la sensazione che lo facesse nel modo sbagliato, come ora che il pannetto non doveva passarlo così perché lasciava tutti gli aloni.

«Se lo passi in quel modo, più che pulirli me li sporchi.» Glielo tolse malamente dalle mani. «Mettiti a cercare le parole sul giornaletto, ché io me la sbroglio da sola.»

Santo la guardò, lo sguardo opaco come i calici rimasti in vetrina. Posò lo straccio, si sciacquò le mani con il detersivo per i piatti perché il sapone per le mani era finito e lei continuava a dimenticarsi di comprarlo. Lo vide indossare la giacca a vento, appesa nel corridoio.

«E che fai adesso?»

«Esco. Ho bisogno di prendere un po' d'aria.»

«Mica ti sei offeso?»

«No, Zita. Ma è meglio se con la tua rabbia ci fai i conti da sola. Prima lo fai, meglio è per tutti» l'ammonì prima di chiudere la porta.

Restò lì con quel tavolo invaso di bicchieri diversi l'uno dall'altro, lo straccio della polvere abbandonato, la vetrinetta aperta. In quella baraonda ci mancava giusto Santo che si metteva a fare il filosofo e non le faceva capire più niente. Era arrabbiata, pure con lui adesso.

2.

Mia, invece, era arrabbiata con lei.

Con quella maledetta busta avorio che le aggrovigliava la pancia, diventata un blocco unico dall'ombelico in giù. Era stufa di quell'emotività che le si annidava nell'addome, come una serpe infida che decideva tutto per lei. Avrebbe voluto essere come sua madre. Voleva l'humus delle sue certezze, palate del suo egoismo. E invece eccola qui, la borsa di tela sulle spalle, mele, yogurt e un po' di riso dentro. Guardava la buca delle lettere come se dentro potesse spuntarci qualcos'altro di terribile.

Il portone alle sue spalle si aprì, cigolio, guaito, passi, altro guaito. La ficcanaso con il microcane le passò accanto, con una lentezza tattica, quella necessaria a farsi una manciata di cazzi suoi. «Buonasera, speravo proprio di incontrarla, sa?» le stava dicendo in posa da generalessa, le mani poggiate sui fianchi tondi. Con un dito smaltato ticchettò l'adesivo sulla buca: «Questo lo deve togliere. Rovina il decoro condominiale.»

Durante la sua arringa il microcane aveva tentato il solito approccio con i suoi anfibi.

«Lo farò quando il suo cane smetterà di accoppiarsi con le mie scarpe.» Mia le voltò le spalle con soddisfazione, lasciandoli entrambi a protestare, chi per un motivo chi per l'altro. Entrò nell'appartamento e si attaccò al cellulare. Sua madre prima o poi doveva rispondere.

3.

Lara aveva spento luci e cellulari.

Era in terrazza, la felpa della tuta sulle spalle sopra gli abiti da ufficio, incurante del freddo di novembre.

Si era comprata anche lei uno di quei giocattoli di nicotina liquida come Spaccacuore. Menta piperita. Fumava. O forse no.

Milano era bella, vista da lì. Aveva scelto l'appartamento per quella meravigliosa terrazza.

"Sa che aperitivi le vengono fuori, qui?" le aveva detto l'agente immobiliare.

All'inizio ci aveva creduto e l'aveva arredata con cura: divano in rattan, cuscini, minibar. Ma poi non c'era stata nessuna festa. Tutto era ancora immacolato, avvolto dal nylon.

Afferrò un ricordo veloce, la macchina di suo padre, i sedili con la pellicola; lo lasciò andare qualche istante dopo, libero nell'oscurità.

Appoggiava le labbra, aspirava, soffiava. Regalava alla notte nuvole di menta e pensieri sfumati. Farà male questa roba? Chissà, bene no di certo. Ma cosa me ne importa. La vita mi si è stravolta in quanto? Quattro mesi nemmeno. Si voltò d'istinto, le lettere dorate della busta affrancata splendevano, beffarde, nel buio. Si accovacciò sul divano, la plastica scricchiolò. Estrasse l'invito con prudenza anche se già conosceva il contenuto. Sua madre se si metteva in testa una cosa non mollava facilmente. E poi c'era stata la chiamata a sorpresa di Mia. Dopo mesi di silenzio. Quel telefono che continuava a vibrare in pieno meeting con il direttore commerciale, che l'aveva incenerita.

E lei a differenza delle altre volte si era alzata, annunciato un pacato *scusate, devo rispondere*, ed era uscita.

"Si sposa, cazzo! Si sposa!" Niente convenevoli, come al solito. La voce da allarme rosso.

E lei era rimasta senza parole, il telefono all'orecchio, fuori dalla sala riunioni, il direttore che le sbraitava dietro, più agitato di lei: "Lara, per cortesia, rientri! Ma che accidenti le succede?".

Già, che le stava succedendo? Non lo sapeva. Le sarebbe piaciuto fare una riunione con il suo destino. Gridare la sua rabbia e pretendere delle risposte come faceva il suo capo.

Essere come sua madre, che a quanto pare le cose le portava avanti, seguendo i suoi desideri e basta.

E allora prepariamoci ad affrontare queste nozze. In fondo, cosa vuoi che sia.

Sfilò il biglietto, valutò i decori, il font, la formula di invito. Fino a quando gli occhi inciamparono nel cognome del futuro sposo.

In quel momento esatto si pietrificò. Le andò di traverso la saliva, annaspò. Le parve di non avere più aria, di morire in quell'istante su quel maledetto divano di rattan con il nylon sopra.

Aprì il minibar, stappò qualcosa a caso. Mandò giù. Sentiva in bocca un fuoco, ma almeno respirava di nuovo. Guardò ancora il biglietto. Bruciava come la gola. Il fidanzato di sua madre. Il suo futuro patrigno. Quel Santo che fino a poco prima era stato solo un nome qualunque.

Le lettere si sollevarono una a una, presero forma tra le sue mani.

Un nome e un cognome che conosceva già. Che cambiavano tutto.

Possibile che fosse davvero lui? Poteva solo sperare si trattasse di un caso di omonimia. Di uno scherzo del destino.

Le tornarono in mente i bigodi flosci, verdi e blu, di sua madre, lo schiaffo di suo padre, la sciarpa rossa che le graffiava il viso.

La chiesa, la gente, i fiori; la faccia stralunata del sacerdote mentre si arrampicava sui gradini del confessionale. E soprattutto cercò di ricordare il volto dell'uomo che stringeva moglie e figlia, lo stesso sguardo smarrito davanti a quella maledetta bara.

Quanti anni poteva avere, adesso, il padre del ragazzo che aveva amato?

Il freddo era tornato di nuovo, prepotente. Insieme al suo passato.

4.

Zita per cena avrebbe fatto una minestrina di dado, ché quella si faceva in fretta e tanto era sola e non aveva voglia di trafficare. Scelse un pacco di stelline all'uovo già aperte, riempì la pentola d'acqua del rubinetto, la posò sulla fiamma viva.

Sulla poltrona, dove prima c'era stato Tore e poi Santo, era rimasto il giornale aperto con le parole mescolate da cerchiare.

A lei veniva il mal di testa solo al pensiero, ma Lisetta sosteneva che erano importanti per allenare la testa e il cervello, per mantenere viva la memoria, per non farti dare i numeri prima del tempo, in poche parole. E Santo come uno scolaretto obbediente si metteva lì e cercava, cercava. Un pomeriggio ci aveva provato anche lei: armata di pazienza e buone intenzioni si era messa al suo fianco per scovare *anacardo* in mezzo a quel caos di lettere. Le era montato solo il nervoso perché, mentre lui continuava a cerchiare, cancellare e circolettare, lei niente. E allora aveva mollato tutto, innervosita, che tanto 'sti anacardi non li trovava neanche morta e poi non le piacevano nemmeno e aveva di meglio da fare che perdere tempo così.

Il suo cervello era in forma perfetta. Una palestra, teneva in testa. Con tutti i pensieri che ci correvano dentro tra figlia e nipote, hai voglia a stare in allenamento. La discussione di quell'estate se l'erano legata al dito e si facevano sentire poco o niente. Lara solo ogni tanto, due o tre volte al mese, cinque minuti al massimo, le solite domande di routine, *stai bene? le medicine le prendi? la dieta la fai?*, e poi tanti saluti fino alla prossima volta. Mia, invece, nemmeno quello. Doveva chiamarla sempre lei e quell'altra borbottava qualcosa, diceva che la richiamava ma non lo faceva mai. Erano sotto le feste e c'era tanto lavoro, si giustificava. Ogni volta che ci pensava le saliva un'acidità di stomaco che neanche con il limone e bicarbonato andava via.

Sfogliò il giornale, ci rivide i cerchi di parole che si confondevano le une con le altre. Pensò che lei, sua figlia e sua nipote erano come quelle parole, nate dalla stessa radice e poi bombardate da altre, fino a smarrirsi dentro un caos in cui non riuscivano più a ritrovarsi.

Posò il crucipuzzle in un cassetto. Tornò in cucinino, scartò il dado e l'acqua si tinse di giallo e oro. Le bolle di tristezza galleggiavano come il filo d'olio che si era sbagliata a mettere dopo aver gettato le stelline: andava messo a crudo e invece adesso guarda qui, chissà che veniva fuori.

Sentì suonare il campanello, esitò un attimo pensando se andare alla porta o salvare la minestra.

Optò per la prima: chiunque fosse era il benvenuto, persino la Dal Molin, perché in mezzo a quel silenzio si sentiva già annegare.

Aprì la porta. Ci trovò Santo con una stella di Natale.

Capitolo 23

1.

Eccola nel pieno della sua prima tappa di *sperimentazione*, come la chiamava Andrea.

Dopo la sera dei Murazzi le aveva ricordato che, se non voleva finire sminuzzata dalla vita, doveva fare anche lei come l'omino nel frullatore: *saltare fuori*. C'era molto da lavorare per raggiungere, come aveva detto? Una nuova consapevolezza e robe simili.

E adesso la stava sottoponendo a una serie di prove che, sempre secondo lui, servivano a tirare fuori la sua vera essenza. Lei era scettica, ma visto che da perdere non aveva più niente, tanto valeva fare un tentativo.

"Non hai scelta, Mia, se vuoi capire cosa fare della vita devi iniziare a metterti in gioco. Sperimentare. Prove semplici, poi sempre meno, e così via".

"Mah, sembra un esame".

"Un po' lo è, ma sei tu a farlo a te stessa. Per capire cosa vuoi".

"E come funziona questa roba?"

"Funziona che provi a prendere confidenza con le cose che non ti piacciono, che ti spaventano, che non hai mai fatto".

"Ah, ecco dove stava la fregatura. Sei partito dicendo gioca, sperimenta. *E sei arrivato a* fai le cose che ti fanno schifo*".*

"Inizia con qualcosa di semplice. Poi vediamo come va".

"Tipo?"

In quel momento erano sbucati sotto la pizzeria cinese. Era tardi, dentro era tutto buio, pulsavano solo le luci intermittenti.

"Che so, magari comprati qualcosa in un negozio cinese".

"Non se ne parla".

"Ti ricordo che hai quasi *mangiato una polpetta al McDonald's qualche mese fa. Sei pronta per un* upgrade*".*

"È il quasi *che mi preoccupa. E anche il tuo inglese".*

"Un cambiamento si crea a piccoli passi, Mia".

"Concordo. Infatti tu, a piccoli passi, mi stai diventando, come si chiamano quelli? I tizi che ti portano in una baita sperduta e poi arrampichi, sali, sempre di più. Fino a quando non stramazzi e intanto loro ti dicono dài, forza, credici *e robe così. E il bello è che li pagano pure".*

"Ecco, vedi? Io almeno sono gratis".

"Ho capito, ma proponi terapie da schifo, fammelo dire".

"Bene, a te la scelta. Shopping a Chinatown o trekking ad alta quota?"

Aveva scelto la prima. La montagna, guarda caso, le metteva ansia.

E adesso girovagava tra cosmetici chimici, vestiti in poliestere che rendevano i capelli elettrici al primo sguardo, giocattoli in gomma fluo e robaccia simile. Il suo battesimo d'Oriente si stava svolgendo in piena regola, con tanto di attacchi di panico e prurito. Provò a concentrarsi su un minialbero cangiante in PVC: cambiava colore ogni minuto. Lo attaccavi l'otto dicembre e, se non prendeva fuoco, lo staccavi il sei gennaio. Massima efficienza, minimo ingombro. Sarebbe stato un regalo perfetto per sua madre. Ma siccome detestava l'ipocrisia non le comprava un bel niente. Tanto meno a Natale.

Si grattò il collo, superò un'esposizione di vezzosi coordinati da Santa Claus; se avesse indossato quelle mutande, come minimo si sarebbe beccata una cistite a vita. Passò oltre, curiosando tra la sezione addobbi. C'erano tre cassette di statuine. Intravide i Re Magi e si fermò.

Non era una da sentimentalismi, ma per quel trio sul cammello aveva un debole.

Ogni volta che da piccola allestiva il presepe, sempre l'otto dicembre, lei voleva posizionarli subito.

"Mia, i Re Magi arrivano alla Befana. Appoggiali più in giù, verso il bordo del recinto e poi ogni giorno li fai avanzare" le spiegava suo nonno con pazienza.

"No papà, non va bene, dietro ci sono le case di cartone. Sono troppo sproporzionate" interveniva Lara, il solito occhio critico, anche durante le feste. "Non è che il tetto può arrivare alle calcagna di un cammello".

"Uh Madonna, quante ne tirate fuori, va'" sbottava Zita. "Se la bambina vuole mettere i cammelli davanti fateglieli mettere, no?"

"La bambina deve capire come va il mondo, mamma. Se le fai fare quello che vuole non lo capirà mai".

"Massì, massì, quante storie per due cammelli. Metteteli un po' come volete, ché tanto tutti ingegneri siete diventati adesso!"

E finiva sempre che i Re Magi, anziché oro, incenso e mirra, a casa loro portavano discussioni e basta.

«Vuoi questo, *signola*? Oggi *offelta*, *offelta* speciale.» Una ragazza dai capelli di seta la riportò al Natale presente sfiorando inavvertitamente una montagna di mutande rosse. Iniziò una pioggia scarlatta di slip portafortuna.

Il volto di Capelli di seta divenne dello stesso colore. Raccoglieva mutande e chiedeva scusa, ininterrottamente, a lei, a quelli che ridacchiavano, a chi comprava o non l'avrebbe fatto.

La vita fa schifo, mia cara, avrebbe voluto dirle Mia, prima di andarsene e lasciarla lì, tra pizzi e imbarazzo. E invece si fermò, l'aiutò a raccoglierne qualche manciata con le dita. Restò stupita: il prurito era scomparso.

2.

«L'hai comprato davvero!» Andrea osservava l'albero cinese che faceva il suo show cangiante, adagiato sulla mensola dell'amica.

«Sono orgoglioso di te, Mia. Meriti un premio.»

Estrasse un sacchetto di carta dalla valigetta.

«Liquirizie ripiene. In diretta dal mercatino di Natale di piazza Carlo Felice. Contenta?»

«Come una pasqua. Le finirò tutte, lo sai. Mi creano dipendenza. Come i biscotti con le gocce di cioccolato.»

L'impasto dolce le scivolò tra i denti. La lingua si tinse di nero, poi di verde, poi di giallo. Fece le smorfie allo specchio per giocare con quel sapore colorato.

«Mi sembrano dipendenze accettabili. Avrebbe potuto andarti molto peggio, credimi.»

«Ho già una vita da schifo. Almeno mi tutelo la salute.»

«Che esagerata. Una manciata di ottimismo ce la puoi aggiungere, visto che è Natale?»

«E perché, cosa cambia? Che all'ipermercato mi fanno uscire di testa. Ecco, quello cambia.»

«Quando eri piccola non la pensavi così.»

Mia si sedette in posizione yoga sul finto parquet Ikea. Lo aveva montato da sola, per coprire quelle piastrelle puntinate anni Sessanta, psichedeliche, che le facevano girare la testa peggio di quelle di sua nonna.

L'alberello cinese aveva un effetto piuttosto simile: tutto verde, tutto blu, tutto rosso. Strizzò gli occhi, intrappolò un ricordo.

«Ero una bambina cretina. Avevo imparato *Adeste fideles* a memoria. Non capivo una parola. Pensavo fosse inglese. Poi ovviamente ci ha pensato mia madre a dirmi che sbagliavo. Per certe cose aveva un tempismo perfetto.»

«A proposito di tua madre. Sai che mi è sembrato di vederla ieri dalle parti di Porta Nuova?»

«Aveva una scia di trolley griffati al seguito?»

«No, solo una borsetta, mi pare.»

«Allora non era lei. Quella, quando si muove, si trascina la casa dietro. Ma durante le feste non accade mai. È in pieno lavoro.»

Mia restituì all'amico il sacchetto di carta ormai vuoto.

Sgusciò nel bagno, spazzolò i denti in silenzio per dieci minuti. Poi passò al collutorio, chinò la testa e gorgheggiò bolle rumorose di menta.

3.

Lara si trovava a qualche isolato di distanza, in bilico sullo zerbino spelacchiato di Zita, indecisa se suonare di nuovo il campanello o attendere qualche istante. Sapeva che al di là dell'occhio magico qualcuno la stava fissando. Si augurava che aprisse in fretta, temeva che il tappeto sotto i piedi le risucchiasse tacchi e caviglie. Il fatto che non si leggesse più la parola stampata – BENVENUTI forse? –, ma solo qualche consonante zoppa, la rendeva nervosa. Le ricordava quelle storie fantasy in cui, se non ti sbrighi a fare quello che hai da fare, ti smaterializzi nell'aria, ti dissolvi, e non ci riesci più. Ecco perché era tornata nella casa in cui era cresciuta, le cose che doveva dire dentro la borsa a mano, scomode tra il rossetto, la cipria, il biglietto del Frecciarossa, i kleenex e i due cellulari spenti.

Suonò di nuovo, spostò la punta delle scarpe dal tappetino, inquieta. Stai a vedere che mia madre ha messo uno zerbino-sabbia mobile per allontanare i rompiscatole, pensò, tentando di aggrapparsi a un lato ironico, uno qualunque, che alleggerisse quella situazione: le veniva difficile, non era mai stata molto divertente, ma le cose adesso stavano cambiando. Con le ragazze del cinema tirava fuori anche la sua leggerezza. La porta si aprì, ma la persona che si trovò di fronte non era Zita.

La fissavano gli occhi chiari e interrogativi di un uomo anziano, la felpa con la scritta di un campus americano che gli attraversava il petto in diagonale, i capelli candidi pettinati con cura.

Scrutava con attenzione quel volto alla ricerca di una prova tangibile. Qualcosa che i ventidue anni trascorsi non avessero consumato. Qualcosa che le facesse dire è lui, è davvero lui.

L'uomo abbassò gli occhiali.

«Sì?»

Il solletico di quel ricordo le scompigliò le parole del discorso che aveva preparato con attenzione maniacale, per trovare quello che cercava senza insospettire. Per non sbagliare. E ora le frasi scomposte le volteggiavano davanti e lei non riusciva ad afferrarle. Niente, vuoto totale.

«Sono Lara. La figlia di Zita.»

«Oh, Lara.» L'anziano sorrise mostrando una fila di denti bianchi e curati. «Venga, venga. Oggi c'è un freddo che non si scherza.»

Entrò. Il corridoio era ingombro di scatoloni, i bordi mangiati dal tempo, su cui riconobbe la grafia tremolante ed essenziale di suo padre, NATALE PRESEPE, NATALE ALBERO.

Sul lato opposto c'era una plancia di legno con un presepe abbozzato: il prato sintetico con l'erba sbiadita, la capanna vuota con le puntine colorate sul tetto per fissarci la montagna di cartapesta. E l'arcangelo appeso a un filo.

Ricordi indelebili che avevano la sua stessa età.

Le sembrò di vedere suo padre trafficare con la montagna che non ne voleva sapere di stare su. E infatti franava, una volta su due, a presepe finito. Cadeva la stella cometa, l'angelo dell'Annunciazione, rotolavano pecore e pastori, mercanti e allevatori di maiali, cammelli e quei Re Magi che Mia metteva davanti alla capanna sempre troppo presto.

Crollava tutto, troppo in fretta e in un attimo quello che doveva essere un giorno di festa non lo era più. La sinossi della sua vita.

«Si sieda, si sieda. Non stia in piedi. Zita è con Lisetta, mia figlia, a fare una commissione, ma non dovrebbe tardare. Sa, cose di donne, e allora mi hanno lasciato qui con le mie parole crociate. Le faccio un caffè?»

Le avvicinò una sedia con il cuscino scucito da un lato. Lo stesso che Zita non ricuciva mai.

C'erano scatole anche in tinello, con etichette adesive nuove, stampate al computer, nessuna scritta tremolante: BICCHIERI, PIATTI, LENZUOLA, TOVAGLIE.

«Scusi il caos. Con Zita ci stiamo preparando per il trasloco. Adesso stiamo tinteggiando casa mia, che è più grande di questa e così dopo andiamo a stare là.»

Lei non riusciva a dire niente.

Era frastornata. Guardava gli scatoloni atterrati dal suo passato, l'uomo che presto sarebbe diventato il suo patrigno, che avrebbe fatto parte del suo futuro, che misurava con attenzione la quantità di caffè macinato da mettere nel filtro. L'uomo che sua madre aveva scelto fra tanti e di cui si era innamorata.

«È che Zita ci tiene a addobbare lo stesso, lei l'ha sempre fatto. Anche l'anno scorso, che la testa ce l'aveva da un'altra parte e non aveva nessuna voglia. Dice che è una tradizione che va rispettata.»

Si accomodò di fronte, lo sguardo vigile verso la fiamma accesa in cucinino. Lara, invece, guardava lui. In un modo diretto che quasi lo metteva in imbarazzo. Doveva capire.

Indugiava sulle tracce di quella giovinezza svanita, ma che lui coltivava lo stesso: la barba gli punteggiava il viso magro, gli occhi di un celeste vivace spiccavano tra le palpebre stanche.

Il caffè salì. Un gorgoglio che a Lara parve più forte del solito. Ci sentì dentro il canto del gallo biblico, Pietro, il tradimento, le trenta monete, tutta quella storia che, forse, l'ultima volta che l'aveva sentita, Zita il caffè non glielo metteva nemmeno nel latte perché era troppo piccola e diceva che le faceva male. Ora invece Santo le stava versando una tazza colma, il cucchiaino che dondolava tra le dita, tintinnando sul bordo.

«Quanto zucchero?» le chiese.

Non riuscì a rispondere. Era ipnotizzata da quelle mani, la pelle trasparente da cui intuivi il reticolo blu di fiumi stanchi, desiderosi di una piena. Sul dorso una costellazione di lentiggini, semi d'anguria al posto delle stelle. E poi le dita, lunghe e sottili. Le unghie con la mezzaluna bianca, così simili a quelle di suo figlio.

Il ragazzo che aveva disperatamente amato e perso. Quello che le aveva cambiato la vita. Il padre di Mia.

Capitolo 24

1.

Zita non sapeva se essere più sorpresa o felice.

Aveva girato la chiave nella porta e se l'era trovata al tavolo di casa sua, con il vestito con la gonna a sbuffo e quelle scarpe di vernice, che con il gelo che c'era come faceva lo sapeva solo lei.

Era rimasta con la bocca spalancata, come la porta alle sue spalle. L'aveva richiusa Santo e subito l'aveva incoraggiata sottovoce: «Su, dille qualcosa, ché a te le parole non mancano mai.»

E invece adesso cosa dire non lo sapeva: l'ultima volta che lo aveva fatto le cose erano finite com'erano finite.

E allora ci aveva pensato lui a dire qualcosa e le aveva presentato, veloce veloce, sua figlia Lisetta, ancora impalata nel corridoio.

Poi si era preso la giacca a vento. «Lisetta, mi accompagni a prendere *La Settimana Enigmistica*?» Così aveva detto, anche se l'aveva già comprata il giorno prima.

Un attimo dopo erano rimaste da sole nel corridoio: lei, sua figlia e quel silenzio. Che lentamente Lara aveva scartato, come gli oggetti negli scatoloni con le scritte tremolanti di Tore.

Si era accovacciata a frugare con le dita tra i ricordi. Odore di legno umido e cartone, odore di quel caffè che Santo doveva aver fatto da poco. Non lo bruciava mai, lui.

Lara le aveva mostrato un paio di casette: rotoli di carta igienica spruzzati di tempera, a dire il vero, che lei e Mia avevano costruito secoli prima. «Queste te le ricordi?»

«Eh, come no.» Le finestrelle avevano i tagli troppo piccoli e Tore impazziva per metterci dentro le lampadine e illuminarle una a una.

Poi era stato il turno di due bustine di neve artificiale.

«Perché sono ancora chiuse dopo tutto questo tempo?»

«Le avevamo prese perché Mia voleva la neve a tutti i costi. Ma tu dicevi che davamo un cattivo esempio alla bambina, ché a Betlemme a dicembre non nevica, fa caldo come da noi in primavera. E così sono rimaste là. Non le abbiamo mai aperte.»

Lara arricciò il naso di nuovo. Poi strappò le confezioni, innevando di chicchi bianchi il prato sintetico.

E così anche Zita liberò quella domanda scomoda che aveva sulla punta della lingua da quando era rientrata e se l'era trovata davanti.

«Lara, ma com'è che sei venuta qui?»

Lei aveva smesso di trafficare con il presepe e si era fatta seria. «Ti devo raccontare una storia, mamma. Forse è meglio se ti siedi.»

Zita acconsentì, gli occhi curiosi fissi sul volto della figlia, in mano un Re Magio con cammello staccabile.

Lara prese fiato all'inizio e poi non più. Parlava e parlava, lei l'ascoltava, impallidiva, si copriva la bocca con le mani, scuoteva la testa. Non riusciva a star ferma su quella sedia di paglia da cui penzolava il cuscino da cucire.

«Oh Signore, oh Signore!» ripeteva come un disco incantato. «Ma perché non ce l'hai detto subito? Perché?»

Lara scosse le spalle.

«Non lo so. Avevo vent'anni, troppa rabbia, dolore, paura. Era successo tutto troppo in fretta. Ero sconvolta.»

«Ma noi potevamo... tuo padre, tutta quella vergogna... se avesse saputo la verità... Oh Gesù, oh Maria, se non muoio oggi di crepacuore non muoio più!»

Lara le poggiò la mano sul braccio delicatamente. «Mi dispiace.

So che non possiamo tornare indietro. Ma andare avanti forse sì. Ci sarà un motivo per cui il destino ci ha portato di nuovo al punto di partenza.»

«Destino, destino. Ma che destino. Qui è tutta una complicazione. E adesso... adesso?»

Il campanello suonò.

«Questi sono Santo e Lisetta.» Zita guardò il pendolo al muro. Non era passata neanche un'ora. Meno di sessanta minuti che cambiavano tutti quelli a seguire.

«E ora chi glielo dice? Ma com'è possibile, con tanti al mondo proprio lui doveva essere?»

Alzò lo sguardo al cielo, vide la fuliggine che non aveva tolto, due lampadine fulminate su tre, che doveva cambiare ma se le teneva così da chissà quanto tempo.

«Tore, Tore... Ma che sta capitando qui? Ma che succede? Che succede?»

Una delle due lampadine si riaccese. Le si spezzò il respiro.

Il campanello suonò di nuovo.

«Aspetta, aspetta Lara, non aprire!» Zita le aveva bloccato le mani sulla maniglia. «Dobbiamo pensare. Non possiamo dirglielo così! Che succederà? E se si arrabbia? Voglio dire, come facciamo a dirgli *sai tuo figlio, sì quello che è morto, aveva una figlia, che poi sarebbe tua nipote. E tra l'altro anche la mia*. Oh Madonna, sembra una cosa da televisione! Come si fa, come si fa?»

«Non lo so. Le parole le troveremo. Le troverò.» E Lara aprì la porta.

2.

«Alla fine ti ho convinta.» Il trolley di Andrea, convertito in portapacchi natalizio, rotolava lungo via Carlo Alberto.

«Non può essere Natale senza regali!»

Mia gli camminava accanto, le mani affondate nelle tasche del giubbotto, gli occhi striati di matita nera, nessun sacchetto in mano.

«Non t'illudere. Tanto non compro niente.»

Andrea inchiodò davanti a un negozio di abbigliamento maschile.

Era andato in fissa con lo stile, si faceva addirittura ricamare le iniziali sui polsini delle camicie. Lui, che da piccolo girava lercio come lei, e aveva anche stracciato quelli del cortile accanto nella gara di rutti. Ma era un altro tempo, un'altra vita, un altro Andrea. Lei voleva bene a tutti e due, anche a questo più fighetto, con il naso appiccicato alla vetrina.

«Ma davvero ti piace quella?»

«*Quella* è una cravatta Marinella. Le esportano in tutto il mondo, tipo le borse per le donne.»

«Infatti io me ne tengo alla larga.»

«Quello però continui a portarlo» le indicò lo zaino rosso.

«Questo lo tengo perché me l'ha regalato il mio migliore amico. Che al momento è posseduto da un avatar snob che sbava per cravatte da centocinquanta euro.»

«*La cravate c'est l'homme*, non lo sai?»

«No. Il francese adesso no. Ti pianto qui, giuro.»

«Fai la brava. Che se ti lascio sola passa il primo ex compagno di scuola e...»

«Oh, ma sei diventato stronzo, eh? Fighetto e stronzo. Ancora con 'sta storia.»

«La tirerò fuori fino a quando non ti farà più effetto. Perché tu comprenda che a ventidue anni è normale prendersi una sbronza e anche fare sesso, fosse anche con uno che hai appena conosciuto! Che poi così non era, quindi siamo proprio nella versione soft.»

Mia prese a fissarsi la punta degli anfibi. Ogni tanto ci pensava a Binetti, alle birre, al rasoio che alla fine si era tenuta come promemoria anticazzate. Lui non l'aveva più cercata, lei nemmeno. Uhm, sentì che la pancia si contorceva ancora. Però meno. Sempre meno.

«Se non la smetti ci provo con il tuo ragazzo. Così ci liberiamo della versione soft» rallentò il passo senza accorgersene.

«Ferma. Non ti muovere.»

«Che succede? Un piccione mi sta cagando in testa?» scrollò i *dreads* impaurita.

«No. Guarda sopra di te, la scritta...»

Alzò gli occhi, la vide. L'installazione illuminava l'intera via. Luci d'artista.

La città era piena di rumore: era sempre più difficile parlare e ascoltare. E poi c'era il bosco silenzioso. Ma nel silenzio del bosco ci si perdeva. Chi non sopportava il rumore della città andava nel bosco, e il silenzio se lo portava via.

E mentre era lì, con la pelle che cambiava colore accarezzata dalle scritte, un attimo gialla, quello dopo blu, sentì lo scatto.

«Cosa stai facendo?»

«Ti faccio una foto. Così dentro le tue cornici ci metti te stessa, finalmente.»

Mia arricciò il naso nello stesso modo in cui lo faceva sua madre, senza accorgersene. Spinse la porta del negozio.

«Se hai finito di giocare al reporter, andiamo a vedere come ti sta annodata al collo 'sta Marinella che ti piace tanto.»

3.

Zita faceva avanti e indietro dalla cucina, portava strofinacci e acqua calda, come fanno nei film per prepararsi ad affrontare un parto. Quello, per alcuni aspetti, lo era.

Lara aveva accolto Santo e Lisetta. «Sedetevi, vi devo parlare...»

Si erano accomodati, sorpresi, i cappotti ancora addosso, il freddo che arrossava le guance.

Era andata dritta al punto. «Conoscevo bene Daniele. Ero in chiesa il giorno del funerale...»

Quel nome scottava nei ricordi di chi era accanto a lei, come la camomilla che Zita aveva appena versato.

Lisetta abbassò gli occhi, parlò per prima. «C'era così tanta gente. Impossibile ricordarsi di tutti.» Soffiò sulla tazza e sul dolore tentando di non bruciarsi.

«Lo so.» Lara inumidì le labbra per trovare le parole che stava cercando. «Io e Daniele stavamo insieme. È stata una bella storia. Importante.»

Percepì lo sguardo di Lisetta indugiare sul suo viso, attraversare ogni dettaglio alla ricerca di un particolare che l'aiutasse a ricordare.

Lo trovò.

Strinse le dita magre intorno alla tazza troppo calda. «Io non... non credo di ricordarmi» mentì.

Non era così. E Lara lo sapeva.

«Era un ragazzo molto amato. Ha lasciato un grande vuoto» commentò Santo, carezzando amorevole le mani della figlia.

Gli occhi liquidi, smarriti nel dolore del ricordo. Gli stessi che Lara aveva inquadrato ventidue anni prima, arrampicata sui gradini del confessionale, le scarpe slacciate, la sciarpa rossa, una vita che le cresceva dentro, un'altra spezzata.

Lo aveva visto la prima volta accanto alla bara coperta di fiori bianchi. Sul volto i tratti che forse avrebbe avuto suo figlio se avesse avuto il tempo di diventare uomo.

Se il destino non avesse preso quella curva sbagliata, la moto che scivola giù, la vita che si strappa, fine.

Era lì, Santo. Padre disperato di un figlio che non aveva più, un braccio a sorreggere sua moglie dal precipizio del vuoto, l'altro avvolto sulle spalle esili di una ragazza con la coda bionda, gli occhi sbarrati, vuoti.

Lisetta.

La sua *sorellina*, la chiamava Daniele, che si sentiva così grande con quella manciata di anni in più.

Un paio di volte Lara l'aveva incontrata. Non si erano calcolate. Pur essendo quasi coetanee viaggiavano su pianeti opposti: Lisetta non diceva neanche una parola e si pettinava in modo orribile.

"È un po' una piattola tua sorella. Non mi piace come mi guarda" aveva detto a Daniele.

"È solo timida. Magari, un giorno diventerete amiche. O qualcosa in più..." scherzava promettendole il mondo, quello che guardavano sotto di loro dal Colle della Maddalena, abbracciati, i caschi in mano, i capelli spettinati dalla corsa in moto.

"Sei proprio scemo!" lo baciava, baci candidi, senza rossetto. Puri come quella storia che l'attimo dopo non c'era più.

Lara si era ritrovata sola, straziata, in punta di piedi in una chiesa affollata di sofferenza. Stordita dalle *sentite condoglianze* che nessuno faceva a lei. Si era sfiorata la pancia ancora invisibile. Aveva pensato, non sta accadendo davvero. Non possono strapparti una persona così, lasciarti l'anima lacerata, devastata. Deve esserci un modo per arginare tutto questo dolore. Aveva fatto qualche passo, poi era stata travolta dalla massa, chi lasciava un peluche, chi una candela, chi lettere e lacrime. Erano arrivati tutti i dubbi, i ripensamenti.

Se non le avessero creduto? Se l'avessero rifiutata? Se l'avessero ferita?

Daniele no, non l'avrebbe mai fatto.

Perché era diverso. E rendeva diversa anche lei.

Si erano tenuti quella storia per loro, per proteggerla, per non sporcarla.

E poi quel ritardo. Il primo test, il secondo. Ora come glielo dico? Lui che le veniva incontro, le sorrideva, *andiamo a fare un giro in moto?* Lei annuiva, aveva voglia di quella libertà, di quella spensieratezza, no, oggi non posso dirglielo, domani. Sì, glielo dico domani.

E invece poi domani non c'era stato più.

E nemmeno Daniele, l'unico che aveva guardato oltre quel giudizio appiccicatole addosso da un paio di stronzi che raccontavano che lei era "una che ci stava".

Una che ci stava.

Era inciampata in un paio di braccia sbagliate: l'avevano *marchiata*. Indietro non poteva tornare.

Così lei li aveva sfidati quei quattro cretini che le stavano rovinando la vita in quel buco di paese. Pensate di annientarmi? Neanche per sogno.

Fatevi avanti, vediamo. Sopra quel marchio ne aveva forgiato uno nuovo, di coraggio, di ribellione.

Tanto ho vent'anni e la vita me la devo anche godere, no?

Si era sentita forte. Audace. Le era sembrata bella per un po' quella specie di felicità, come quel rossetto rosso che le piaceva e invece la macchiava a tradimento.

Quando se n'era accorta era già scivolata. Era dentro la voragine, non riusciva a risalire.

Poi era arrivato Daniele.

Le aveva restituito i suoi vent'anni. L'aveva fatta crescere insieme alla loro storia. Era andato oltre la lettera scarlatta.

L'aveva resa forte. Per questo aveva deciso di tenere la bambina.

Ma ora lui non c'era più e il baratro dei giudizi, della solitudine ritrovata la stava inghiottendo di nuovo. Non poteva affrontare altre ferite. Per questo era uscita da quella chiesa senza dire nulla. Con quella pancia impercettibile che le sembrava così pesante. Con quella bambina che sarebbe stata solo sua.

Mia, appunto.

Erano passati ventidue anni da quel momento. Quella paura non ce l'aveva più.

«Daniele è morto prima che sapesse una cosa...»

Santo e Lisetta la guardavano in attesa, immersi in quel silenzio interrotto solo dai pentolini che Zita sbatteva in cucina perché seduta a quel tavolo non riusciva a stare.

«Sarebbe diventato padre. Ho avuto una bambina. *Abbiamo* avuto una bambina. Ora è una ragazza di ventidue anni. Si chiama Mia...»

Lara era di nuovo in quella chiesa, attraversava le navate, superava i fiori bianchi, calpestava la paura del rifiuto, lo strazio del dolore; si faceva largo tra gli sguardi carichi di curiosità, di giudizio, perché lei era *la ragazza facile*, e adesso cosa vorrà?

Andava avanti, passo dopo passo. Fiera.

Raggiungeva la coppia. La ragazzina. Spiegava con il cuore dilaniato che non tutto era perduto. Che qualcosa di Daniele c'era ancora, qualcosa di prezioso che custodiva lei.

Le credevano.

Li abbracciava, si lasciava abbracciare, accogliere.

Si lasciava consolare. La bambina li avrebbe salvati tutti. Come nelle favole.

Aveva l'elisir, il balsamo per lenire quel dolore atroce. E invece aveva lasciato vincere la paura, il silenzio.

Quello che ora galleggiava attorno a quel tavolo rotondo, nel tinello con le piastrelle chiazzate.

Un silenzio pesante, carico di domande che un attimo prima non esistevano e ora sì. Lisetta si passava la lingua sulle labbra secche, continuava a bere camomilla, muta, come se le parole di Lara avessero prosciugato le sue.

Santo si tormentava le mani, le fregava una sull'altra, le strofinava sulla barba rada, sui capelli e poi ricominciava il giro. Si alzò di scatto, la sedia raschiò il pavimento, un lamento acuto.

«Ho una nipote. Di ventidue anni.» Restò in piedi a guardare verso il cucinino in cui si era rintanata Zita con lo straccio in mano, l'acqua che bolliva a vuoto. L'espressione di chi aspetta la fine del mondo. Che alla fine arriva davvero.

«Zita, tu lo sapevi?»

Capitolo 25

1.

Lara osservò con sdegno i due suonatori di cetra, piumati e luminescenti, che decoravano l'insegna rossa dell'ipermercato. Entrò senza carrello, non doveva fare nessuna spesa.

Individuò subito il box informazioni. Lo trovò sotto l'assedio di una marea umana che sbraitava richieste assortite.

Sollevò la punta delle Mary Jane, sperando che nessuno gliele calpestasse, e cercò Mia in quel recinto caotico in cui le ragazze andavano da una parte all'altra, controllavano scontrini, restituivano spiccioli, consegnavano ceppi di coltelli, cambiavano pile a bambolotti che di piangere non ne volevano sapere.

Lara diede qualche spinta e sgusciò in avanti. Finalmente la vide. Indossava un ridicolo cappello rosso e bianco con il pompon. Discuteva con una tipa dai capelli unti che continuava a sventolarle una scheda sotto il naso.

Temeva che Mia potesse darle un pugno da un momento all'altro e invece sua figlia l'ascoltava con insolita pacatezza.

Poi un tipo con la divisa blu si mise in mezzo, le passò un foglio, Mia annuì, il pompon che rimbalzava in avanti a conferma del suo sì.

La vide scusarsi con la tizia dai capelli unti, cercare il microfono più avanti, schiacciare un tasto e annunciare in stereofonia che i gentili clienti potevano acquistare al reparto gastronomia polli ruspanti appena sfornati.

Fece un passo indietro come se il pugno fosse arrivato a lei in diretta dalla realtà.

Sua figlia là dentro scontava la pena del contrappasso. Le toccava anche sollecitare l'acquisto di polli allo spiedo. Lei che da piccola i pulcini voleva allevarli in casa.

Zita le aveva raccontato che una domenica era tornata da Porta Palazzo, una manina stretta a Tore, l'altra su una scatola di scarpe pigolante e bucherellata, gli occhi gonfi di pianto.

"Ossignore! Che c'è là dentro?"

"Nonna, stai tranquilla. È solo un cucciolo di pollo. Nonno ha detto che potevo prendere solo questo" tirò su con il naso. "Adesso vado a mettergli il mangime perché ha fame".

"Tore, ma che, ti sei impazzito? Un pollo vivo mi hai portato in casa?"

"Ringrazia il cielo che te la cavi con un pulcino. C'è mancato poco che non ti arrivasse un pastore tedesco direttamente. Oggi che cosa le è preso a 'sta bambina non lo so".

"No, in corridoio no!" si allarmò Zita vedendo una macchia gialla zampettare sulle piastrelle.

E meno male che non aveva passato la lucidatrice.

"E adesso con 'sto pollo chi ci deve combattere, Tore?"

Guardarono Mia inseguire il pulcino irrequieto come lei.

"Eh, portiamo pazienza. Un mesetto, due al massimo. Poi vedrai che quando cresce non le piace più. Mal che vada ci facciamo un brodo".

"Un brodo..." Zita si mise le mani nei capelli chiari e morbidi. "Per quello ci sono i dadi, Tore".

Ma anche quando il batuffolo di piume aveva allungato il collo, alzato la cresta e arrotondato gli occhi in fuori, Mia non ne aveva voluto sapere di darlo via. Era morto di vecchiaia, con tanto di funerale simbolico e sepoltura nel campetto dietro casa. Zita diceva sempre che quel pollo, alla fine, aveva fatto una vita migliore della loro.

"Per crescere tua figlia pure un pennuto per casa mi sono dovuta tenere. E manco le uova mi faceva" le rinfacciava spesso. Era uno dei suoi argomenti preferiti. Al pulcino ci aveva pensato Zita. A lei, ora, toccavano i polli arrosto.

Guardò l'orologio, si era fatto tardi. Chiamò il taxi, uscì di corsa.

«Stazione Porta Susa, per favore.»

L'auto attraversò la piazza del mercato. Vide di nuovo il murale: qualcuno ci aveva poggiato un mazzo di fiori natalizi. Le venne un'idea. Folle, strana, inaspettata.

«Mi scusi. Prima vorrei andare in un altro posto.»

E scandì il nuovo indirizzo.

2.

«Che è quella faccia? Pensavi che non venivo? Beh, è l'antivigilia, mica ancora Natale, no? E poi tu non sai che pandemonio è scoppiato.»

Zita, piedi sull'ultimo piolo, guardava il mazzolino di stoffa sbiadito. Il volto di Tore, invece, sembrava avesse un sorriso più furbetto del solito.

«Ah, forse lo sai invece... Ché voialtri lassù sapete tutto. Meglio così, allora. La prossima volta ti porto una bella stella di Natale. Cosa vuoi, con tutto quello che è successo davvero non sono riuscita a prendertela. La fioraia qui si è fatta furba, solo perché è festa le vende come fossero d'oro. Tra l'altro, poi, secondo me la notte se le vengono a rubare e le rivendono. Hai capito i furbi? La stessa pianta, se la vendono due o tre volte. La Dal Molin dice che la scorsa settimana hanno fatto razzia di fiori. Qua, nelle due file davanti a te. Ma dico io, manco da morti si può stare in pace. Vedi che ho fatto bene a metterti quelli finti? Anzi, guarda cosa ho qui.»

Aprì la borsa ed estrasse un mazzolino identico, con un pungitopo dorato in più. Armeggiò intorno al vaso per fare lo scambio.

«Così adesso quello sbiadito me lo porto via. Un bel giro in lavatrice e torna come nuovo. Intanto tieniti questo che è bello natalizio.»

Mentre metteva e toglieva venne distratta dai passi di un corteo funebre in arrivo. Il piede le scivolò, ondeggiò e riprese l'equilibrio per un soffio. Le mani al petto, il respiro in affanno.

«Madonna santa, che spavento. Stavo cadendo. Mannaggia Tore, certo, non per dire, ma ti dovevi scegliere il piano attico proprio da morto? Che io qua mi faccio anziana e non posso fare sempre le acrobazie per venirti a trovare, eh? Fammi scendere due minuti ché mi gira la testa.»

Contò i gradini all'indietro, finalmente terra. Ma la borsetta era rimasta sopra.

«Ma allora oggi mi vuoi proprio far fare ginnastica, eh? O la verità è un'altra, Tore?» E lo guardava, bello, impossibile e impassibile, protetto dall'ovale d'argento.

«Io lo so, sai. Lo so. Non è che tu ti sei risentito per 'sto fatto del matrimonio? E allora magari è per questo che è capitato quello che è capitato. Ché adesso Lara, dopo tutti questi anni, se ne viene fuori con il nome del padre. Con tanti al mondo proprio lui, dico io. Oh Madonnina bella. No, certo che un caso non può essere. Tu sicuro che non ne sai niente? E adesso come finisce chi lo sa. Poi, mica è tradimento. Perché, se andiamo a guardare il pelo nell'uovo, quello che mi ha mollata qui in fin dei conti sei stato tu, eh. No, non è che mi arrabbio. Certo che se restavi ancora un poco, male non faceva. Eh, lo so, non decidi tu, che risposta è. Manco io se è per questo. Comunque adesso fammi salire a prendere la borsa, e vedi di non farmi scivolare. Che mi tocca mettere a posto tutto il *patatrac* con tua figlia, tua nipote e...»

S'interruppe. Aveva appena intravisto la Dal Molin. Il cappotto vecchio come il cucco, i capelli tutti bianchi e una stella di Natale più grande di lei. La solita esagerata. Voleva proprio vedere, grande così, dove diavolo pensava di metterla.

3.

Zita stava uscendo dal cimitero a passo svelto, aveva appuntamento con Santo e Lisetta per discutere la questione del *patatrac* e anche quella dei polipetti sul menu perché, dopo le feste, in un attimo ti ritrovavi a primavera e le decisioni andavano prese, non si poteva più perdere tempo.

Intravide appena la sagoma del taxi che si fermava proprio lì davanti. Non vide affatto Lara che, altrettanto velocemente, varcava lo stesso cancello, tre rose in mano, qualche minuto prima dell'orario di chiusura. Le Mary Jane scricchiolarono sulla ghiaia; i sassolini bianchi si mangiavano ad ogni passo un lembo di vernice, ma pazienza. In fondo erano solo scarpe, pensò, cercando di orientarsi tra quelle file che le sembravano tutte uguali.

Era stata lì solo in due occasioni. La seconda al funerale di suo padre. Ma quella volta era stata Mia a farle strada, avanzando dietro al feretro, anche se era più smarrita di lei. Accelerò la cadenza, i petali delle rose a testa in giù striarono di cremisi il bordo del cappotto.

La prima era per suo padre. Svoltò verso il settore L. Guardò in alto, penultima fila, riconobbe subito il vaso della discordia, quello per cui sua madre aveva dato di matto prima del funerale. E anche dopo. Dentro c'era un mazzetto di stoffa con qualcosa che luccicava in mezzo. Ne aveva visti un paio simili a casa di Zita. Guardò la lunghezza dello stelo: sua madre aveva ragione, là dentro la rosa non ci sarebbe stata. La poggiò a terra. Immaginò una preghiera o qualcosa di simile. Non le venne in mente niente.

«Ciao papà» mormorò soltanto. Sapeva che lui avrebbe capito.

Si stava facendo buio.

Prese dalla tasca il foglietto su cui aveva appuntato le indicazioni di Santo. Doveva proseguire quasi verso l'uscita. La sua Margherita, le aveva spiegato, era un po' claustrofobica e di loculi non ne voleva sentire parlare. E allora quando il dispiacere se l'era portata via l'avevano seppellita nell'abbraccio della terra, in un rettangolo che curavano come un giardino, piante che fiorivano tra la brina. Lara inquadrò i gelsomini, ne avvertì il profumo che sfidava l'inverno. L'epigrafe era essenziale. A MARGHERITA, MADRE E MOGLIE AMATISSIMA. Sorrise. Che non fossero una famiglia di scrittori l'aveva già intuito quando frequentava Daniele. Nel periodo in cui erano stati insieme le aveva scritto un solo biglietto. Lo custodiva ancora dentro una scatola di Reebok che aveva da ragazzina, insieme a una striscia di foto, quelle brutte delle macchinette, lei e Daniele che facevano le smorfie come due scemi, ignari di quello che sarebbe accaduto. In quella scatola ci avrebbe messo, poco più avanti, anche i test di gravidanza che aveva fatto, uno dopo l'altro, per convincersi che quello che le stava accadendo fosse vero. Lo era. Quando l'aveva aperta l'ultima volta, ci aveva infilato un paio di calzini rosa minuscoli: i primi indossati da Mia.

Ci aveva creduto, all'inizio. Si era convinta di potercela fare. Di aver fatto la scelta giusta. Poi le cose si erano complicate. L'istinto materno se n'era andato via come il latte e quelle belle tette che si sarebbe tenuta tanto volentieri. Le era rimasto solo il dolore. La vita faceva sempre quel che le pareva. Così Lara aveva tentato di costruirsene una completamente nuova. Asettica e perfetta. Ma non c'era riuscita, a quanto pare. E forse era meglio così.

Margherita le sorrideva distratta, i capelli scuri come quelli del figlio, onde soffici sulle spalle, che forse scendevano più giù, ma la foto li tagliava in quel punto, netti. Si intuiva appena un girocollo di perle, il merletto di un golfino blu.

Poggiò la seconda rosa tra i vasi di gelsomini. Chissà se anche quella fotografia era stata scattata a Natale; chissà se poi, dopo quello che era successo, era riuscita a festeggiare di nuovo, a festeggiare lo stesso. Quel sorriso a metà faceva ipotizzare la risposta. Margherita in qualche modo, nonostante la sofferenza, era rimasta. Accanto all'altra figlia, accanto a suo marito.

Margherita non era scappata come lei. Chissà come sarebbe andata se avesse conosciuto Mia da bambina. Forse le avrebbe preparato ciambelle e spremute d'arancia, come faceva per gli amici di Daniele.

Lara aprì la borsa, tirò fuori una foto di Mia recente. Uno scatto rubato con il telefonino quando si erano incontrate al bar cinese. Che aveva fatto stampare e si teneva sempre in borsa, come fanno tutte quelle madri che aveva sempre criticato.

Si augurò che capisse che quello era il suo modo di chiederle scusa, da madre a madre.

Qualcuno le sfiorò la spalla, sobbalzò.

«Signora mi spiace, non volevo spaventarla ma dobbiamo chiudere.»

«Sì, va bene. Posso chiederle solo una cosa?»

Lui annuì. Lara guardò l'orologio, il treno per Milano era tra quindici minuti. Lo avrebbe perso. Pazienza. Per fare pace con il suo passato aveva ancora una rosa da consegnare. L'ultima. La più importante.

Capitolo 26

1.

Piazza Gae Aulenti sotto le feste era uno spettacolo: ogni volta Lara restava stupita dal modo in cui materiali così diversi, vetro, metallo e legno, riuscissero a creare un insieme armonico. Era uno dei luoghi di Milano che amava di più; ci andava per ammirare il panorama e nutrire le sue ambizioni: da lì poteva vedere i grattacieli del Bosco Verticale in cui avrebbe desiderato prendere un appartamento, la vetta della Unicredit Tower che dominava la città, dall'alto in basso, sicura e imponente, come avrebbe voluto essere lei per indole, senza forzature. Ci andava per respirare il profumo del futuro, la bellezza del design, le griffe d'alta moda.

Ci andava per scrollarsi la polvere di periferia, quella che da fuori non si vedeva ma lei percepiva dentro di sé, nascosta negli interstizi dei ricordi.

Si sedette su una panchina-scultura, la borsa sulle gambe.

Le fontane di fronte iniziarono la consueta danza acquatica in versione natalizia cullate dalle luci sfavillanti.

Intorno a lei scorreva la cronaca in diretta di quella Vigilia di Natale: i visi affannati, le borse con i regali scelti all'ultimo minuto.

Tutti andavano di corsa. Lei, invece, finalmente si era fermata e adesso osservava quel caos intorno come se non la riguardasse. E infatti non la riguardava. Fissò la lettera in cui chiedeva l'aspettativa.

Voleva fare un tentativo. Erano successe troppe cose, e in quella nebulosa non trovava la concentrazione giusta per niente, né per se stessa né per la sua carriera.

Sfilò dalla borsa due cartelline: quella dorata di Gisèle e quella blu con il primo referto, menopausa precoce, con cui stava imparando a convivere grazie alle ragazze del cinema.

Il nome di una di loro trillò sull'unico cellulare che si era tenuta. Un Nokia giallo banana, modello vintage, senza Internet. Non le serviva più.

«Allora ci sei riuscita?»

«Sì.»

Lara guardò la prima cartellina. Ancora non poteva crederci di averlo fatto davvero.

«E com'è andata con il grande capo?»

«Mi sa che gli ho rovinato il cenone...»

«E che ti frega? Pensa a tutti quelli che lui ha rovinato a te. Dài, bellezza, stai andando avanti che è una meraviglia.»

«Speriamo di farcela. Ogni tanto ci ripenso. Chissà se...»

«No, no. Niente incertezze. Hai bisogno di respirare. Di prendere fiato. Riemergi dai tuoi casini, fai pace con il passato e poi torni, ancora più in forma di prima. Avanti tutta, bellezza! Destro, sinistro, destro, sinistro e stai sempre in piedi come Rocky!»

«Barbara... non dirmi che l'hai visto un'altra volta?»

«Eh, che posso farci? La colonna sonora di *Eye of the Tiger* è l'unica che mi gasa un po' quando faccio ginnastica.»

«Hai iniziato, finalmente!»

«Per forza. *Amàl* dice che se non perdo almeno dieci chili mi scoppia il cuore. Visto che le ovaie sono già andate, almeno cerco di rianimare il muscolo principale. E poi il tuo tapis è una forza. Farebbe correre anche un bradipo.»

«Felice che ti piaccia. Io ho voglia di correre fuori, all'aria aperta.»

«Stai attenta ai sampietrini torinesi, quelli sono bastardi. Ma non possono essere peggio di quelli che hai già incontrato, giusto?»

«Giusto. Però ti ricordo che siamo a soli quarantacinque minuti di distanza.»

«Eh, ma non è la stessa cosa. Mi abbandoni alle riunioni da sola. Sarà una noia mortale. Lara, ti devo salutare, qui già mi sta arrivando tutto il parentado. Che odio il Natale te l'ho detto, sì?»

«Almeno una dozzina di volte nelle ultime settimane. Dovrei presentarti mia figlia. Ti troverebbe simpatica.»

«Ecco. Non vedo l'ora di conoscerla. Fammi andare e... Lara?»

«Che c'è?»

«Ricorda che ci dobbiamo spendere tutti i soldi risparmiati dai tampax in affettati e barbera, tanto dove vai tu non mancano.»

«Promesso. Completo la missione, vengo a rapirti e ce ne andiamo in giro per cantine.»

«Brava, così ti voglio. Cazzuta. E magari anche un po' più tonda. Buon Natale, io torno tra caimani e fornelli. I miei parenti se non metto qualche antipasto si mangiano anche i confetti delle bomboniere.»

Posò il cellulare, divertita. Barbara le sarebbe mancata sul serio.

«Perché ridi?» le domandò un bimbo biondo che la stava fissando incuriosito con un trancio di focaccia in mano.

«Perché ho un'amica simpatica» gli rispose. Il piccoletto restò fermo, gli occhi vispi su di lei.

«Ti sei perso?»

Scosse il caschetto dorato e le saltò accanto. Insieme alla focaccia.

«Come ti chiami?»

«Lara, e tu?»

«Jacopo. Lo sai che stanotte viene Babbo Natale?»

«Certo, gli hai spedito la letterina?»

«Sì. Gli ho chiesto Super Mario Bros. Tu cosa hai chiesto?»

«Niente. Ma io sono grande, sai.»

«La mia mamma è grande, ma i regali li chiede. Dice che ai grandi ci pensano gli elfi.»

«Ah sì?» s'incuriosì Lara. «E cosa ha chiesto la tua mamma quest'anno?»

«Una sorellina, una borsetta e un cellulare nuovo. Dice sempre di mettere più cose nella letterina, così Babbo Natale può scegliere.»

«E pensi che l'accontenterà?»

«Il telefonino non lo so. La borsetta secondo me se la compra da sola come fa sempre» aggiunse, con aria incredibilmente seria per i suoi quattro, cinque anni. «Ma sulla sorellina l'ha accontentata subito, perché qualche giorno dopo mi ha fatto vedere delle foto tutte nere e mi ha detto che lì c'era la mia sorellina e che dovevamo essere tutti contenti.»

«E tu lo sei?»

Il bimbetto alzò le spalle.

«Boh. Forse preferivo che le portava una borsetta. A me i bambini piccoli non mi piacciono. Mi piace di più Mario Bros.»

Lara sorrise. Jacopo ancora non lo sapeva, ma con tutta probabilità la nuova arrivata gli avrebbe scombinato la vita. Un po' come era accaduto a lei quando era rimasta incinta di Mia.

«Jacopo! Eccoti qui!»

Una giovane donna bionda con un cappotto celeste lo abbracciò visibilmente sollevata. «Io e papà stavamo diventando pazzi a cercarti!»

«Volevo vedere le fontane.»

«Ma non ti devi allontanare da solo! Te l'ho detto mille volte.»

Accarezzò la testa del piccolo, bionda come la sua. Quanti anni poteva avere? Meno di trenta sicuro.

Jacopo si allontanò facendole ciao con la manina unta di focaccia. Al posto del bimbo adesso c'era una palla di carta stropicciata che nella fretta nessuno aveva raccolto. Mentre la gettava tra i rifiuti, Lara pensò che in fondo era bello fare pulizia.

Si passò una salvietta tra le mani, gettò via anche quella. Prese il trolley giallo limone e scese giù fino a Porta Garibaldi.

2.

Dieci minuti alle ventuno, orario di chiusura al pubblico. Oltre non si poteva andare, come se rientrare a casa a mangiarsi il panettone la vigilia fosse obbligatorio.

Che cazzata, pensò Mia.

Fosse stato per lei avrebbe lavorato anche il giorno dopo, turno completo. Sai che figata? Turno festivo, pagato doppio, e di sicuro una pace che nei giorni feriali te la potevi scordare. Giusto qualcuno per comprare al volo i capperi dimenticati per il vitello tonnato o qualche genitore che si era accorto che le pile del giocattolo interattivo non erano incluse. Aveva dato piena disponibilità. Ma poi erano venute fuori tutte quelle complicazioni, *ma non è giusto*, *ci trattate come schiavi*, *i sindacati* e stop, chiuso l'argomento e il centro commerciale, e tutti a casa a friggere anguille e baccalà, felici e contenti.

Tranne lei.

Che invece quei cento euro in più se li sarebbe messi in tasca volentieri. Magari per un divano più lungo, perché si era stancata di avere sempre a penzoloni metà polpaccio. Però, cretina anche lei, con novantanove euro cosa pensava di comprare? Forse aveva ragione sua madre. Sbraitava tanto ma non era furba per niente.

Il sorvegliante si avvicinò. Stringeva tra le dita tozze l'annuncio di chiusura destinato alle quattro anime disperse tra le corsie. Lo pronunciò e uscì dal box per iniziare a chiudere le casse, controllò i dati sul terminale: i conti tornavano al centesimo. Peccato.

Mia si avviò con lentezza verso la saracinesca già abbassata. I ragazzi della security si scambiavano fette di panettone, risate e video porno natalizi.

Uscì accolta dal buio del parcheggio vuoto. Notò che i putti in cima erano sempre meno luminosi. Li avevano piazzati i primi di novembre e ogni giorno si fulminava una lampadina. Non ne potevano più, come lei.

«Coraggio, ancora due settimane e finisce tutto» disse più a se stessa che a loro, la voce coperta dagli echi di mortaretti fatti esplodere prima del tempo.

Arrivò a casa accolta dal neon intermittente che nessuno aveva ancora cambiato e da una zaffata di fritto che invadeva tutto l'androne. I suoi condomini ci avevano dato dentro di brutto.

Fanculo anche al Natale.

Anche se, quando era piccola, quella festa le piaceva. Le piacevano i tortellini della vigilia e quel brodo che Zita allungava con il dado perché di farlo bollire troppo non aveva voglia. Le piacevano i cioccolatini che Tore appendeva all'albero e lei ne poteva mangiare solo uno al giorno, ma non era mai così e lui appena vedeva il vuoto ne metteva altri e nessuno se ne accorgeva. Sotto quelle luci che si accendevano e spegnevano le piaceva persino sua madre e quei biscotti con le gocce di cioccolato che le portava, che facevano a gara per mangiarli interi senza spezzarli, la bocca che si allargava, le guance che si gonfiavano.

Si specchiavano insieme dentro quelle smorfie buffe, ridevano, sbriciolavano dappertutto e Zita borbottava, ma poi le passava perché almeno a Natale bisognava stare *in grazia di Dio*, come diceva lei.

Ma adesso quel buonismo le dava fastidio.

Come sua nonna e le scelte che aveva fatto.

Stava creando una nuova famiglia. Lei non ne faceva parte.

Fine della storia.

Per non parlare di sua madre che ad avere un rapporto con lei nemmeno ci aveva provato.

Vabbè, adesso si scaldava le lasagne vegetariane, si metteva una bella serie di Netflix con qualche morto ammazzato, così si stemperava bene l'atmosfera e tanti saluti a tutti.

Se ne sarebbe stata sola, pacifica. Beata con la sua solitudine. Cazzo gliene fregava a lei del Natale.

Ma qualcuno non doveva essere dello stesso avviso.

Qualche invasato che aveva preso a strimpellarle il campanello in modo irritante. Era sicuramente quella stronza con il microcane che le veniva a chiedere le sedie in prestito per i parenti. Lo aveva fatto anche l'anno prima.

Le avrebbe fatto perdere il vizio, così lo capiva una volta per tutte che non doveva rompere.

«Questa storia delle sedie deve finire, va bene?» aprì con una rabbia che si afflosciò subito davanti a due ragazzi sorridenti che conosceva bene. Oltre alle cravatte Marinella, identiche, indossavano due orrendi berretti da Babbi Natale con tanto di lucine psichedeliche. Il terzo se lo ritrovò tra le mani insieme a una busta.

«Che ci fate qui? E questa, cosa sarebbe?»

«Veniamo in pace. E siamo portatori di buone novelle. Apri» la invitò Enrico.

«Tranquilla. Non è una partecipazione» precisò Andrea.

«Ecco, meno male. Perché di matrimoni ultimamente ce ne sono già abbastanza. Cioè, non è che volevo dire per voi, ragazzi. Io mi riferivo a mia nonna che...» si corresse imbarazzata.

«Muoviti. Lo sappiamo che pensi solo a tua nonna, tu. Apri 'sta busta prima che diventiamo tutti stoccafissi. Ma non ce l'avete il riscaldamento in questo condominio?»

«Funziona a scatti. Come gli pare.» Aprì la busta e si trovò in mano due fogli da firmare, un logo strano che non capiva.

«È una proposta di collaborazione. Hai passato la selezione, Mia. Sei tra i candidati scelti. Se firmi, da fine gennaio un posto è tuo. Anno nuovo, vita nuova» aggiunse Enrico, che riusciva a sembrare professionale anche con addosso quel cappello ridicolo.

«Ah. Cazzo. Cioè, bene. È una cosa buona, no?» Non poteva crederci. Mai più unicorni gonfiabili, annunci di polli croccanti. Basta raccolte punti. Basta clienti isterici. Basta con... «Dài, venite dentro. Vi offro qualcosa. Sto facendo delle lasagne vegetariane che...»

Andrea scosse la testa. Tirò fuori una shopper con un fiocco dorato.

«No, facciamo che stavolta esci tu. Ma prima indossa questo» estrasse un piumino corto, bianco, soffice. Mia ci scivolò dentro. Era caldo, morbido. Sapeva di amicizia.

«E ovviamente c'è anche il cappello...»

«Scordatevelo. Il cappello non me lo metto neanche morta.»

Erano proprio due scemi. Due scemi a cui voleva bene.

3.

Zita camminava a fianco di Santo, lui con una bottiglia di zibibbo, quello buono, sotto il braccio, lei con una pirofila coperta di stagnola con dentro i tomini al verde, che mannaggia la salsina le era rimasta troppo liquida.

Vabbè che tanto erano *in famiglia*. Ma restava pur sempre il primo cenone che facevano tutti insieme. Lisetta aveva tanto insistito, anche se erano ancora scombussolati per la rivelazione di Lara.

Santo pure, ma faceva finta di niente e si teneva le cose dentro.

Lei lo vedeva che ora, quando si sedeva con il giornaletto e le parole da cerchiare, la penna restava con la punta in aria come la sua testa, la pagina sempre bianca e lui fermo, immobile, ore e ore. A cercare le risposte che non trovava.

Risposte che non c'erano. Le stesse che anche lei e Tore avevano cercato tanto tempo prima, smezzandosi il digestivo Antonetto e il bicchiere d'acqua, per mandare giù le chiacchiere cattive della gente che crescevano insieme alla pancia di Lara.

"Ma secondo te, perché non ce lo dice di chi è figlia 'sta bambina?" bisbigliava a Tore, la sera prima di dormire, mentre si sistemava i bigodi, di spugna per non aver fastidio durante la notte. Tanto non dormiva lo stesso, ma almeno i capelli li teneva in ordine più dei pensieri.

“Zita, abbiamo detto che non ne dobbiamo parlare. Non ne dobbiamo parlare più. Qualche mese ancora e poi quando nasce ’sta creatura ci avremo altro a cui pensare e speriamo che tutto questo ce lo dimentichiamo. È una vergogna troppo grande. Troppo. Una figlia fatta per caso. Non si sa nemmeno con chi. Me lo devi giurare che non ne parliamo più. Sono stanco. Buonanotte”. E si girava dall’altra parte, come i bambini che quando hanno paura di qualcosa chiudono gli occhi e fanno finta che non esista.

Dopo un po’ lo sentiva russare, beato lui, come faceva a crollare così, che a lei il sonno proprio non arrivava.

E allora se ne stava zitta, i bigodi tutti al loro posto, accendeva l’abat-jour, si sfogliava una copia di *Confidenze* e si leggeva qualche riga di quelle storie vere, che raccontavano di amori che andavano e venivano, pieni di ostacoli, ma quando c’era un bambino di mezzo alla fine si risolveva sempre tutto.

Guardava la Madonnina di Lourdes e la statuetta di Padre Pio sul comò e si faceva il segno della croce, senza pregare, tanto quello che doveva chiedere loro già lo sapevano.

Poi in chiesa non c’era andata quasi più, pensava Zita, vedendola adesso, davanti a lei, aperta, invitante.

«Aspetta un poco, Santo...»

«Che c’è?»

«Fammi un favore. Avviati tu da tua figlia e portati anche questi tomini. Tienili dritti però, se no arrivano tutti spappolati.»

«Ma perché, tu dove vai? Non vieni?» la guardò preoccupato, così come aveva fatto tante volte in quei giorni, in quello scambio continuo di facciamo così o facciamo colà? E con tua nipote chi ci parla? E le nozze, e sì, con le nozze che dobbiamo fare?

E in quel mare di dubbi l’unica cosa ferma erano loro due.

Lei era rimasta. Lui anche, seduto sulla poltrona scomoda che prima era stata di Tore e che nella casa nuova non si sarebbero portati.

E un giorno, pensiero dopo pensiero, mentre lei girava una fettina le aveva detto: "Per Natale andiamo da Lisetta. Ci vuole tutti insieme. Puoi chiederlo anche a Lara, se vuoi. Ha detto che compra gli agnolotti del plin abbondanti, così può decidere anche di unirsi all'ultimo. Il posto per lei a tavola c'è. E gli agnolotti pure". E mentre il burro sfrigolava le era salito un moto di felicità.

Sembrava tutto nero e invece piano piano le cose si stavano risolvendo.

«Vengo, vengo. Statti tranquillo. Voglio fare solo una piccola commissione. E vi raggiungo.» Lo congedò con le ultime raccomandazioni per i tomini e un bacio veloce.

Salì i gradini della chiesa, ignorò un barbone che chiedeva l'elemosina, non è che si può essere generosi con tutti, eh, superò l'abete spelacchiato come le ghirlande che c'erano sopra. Entrò in chiesa. Il segno della croce le uscì miracolosamente dritto, ma non se ne accorse.

Raggiunse la statua della Madonna, davanti al presepe, quello con i putti dal testone grosso grosso, sempre gli stessi, che la prima volta che ci aveva portato Mia a vederlo si era spaventata, aveva iniziato a piangere nel bel mezzo del *scambiatevi un segno di pace* e se n'erano andati via di fretta, lei, Tore e quel passeggino anacronistico in mezzo a loro.

Eh Madonnina bella, tu lo sai quante ne abbiamo passate, anche se non è che sono venuta sempre qui a raccontarti tutto per filo e per segno. Però adesso, così, giusto per essere chiari, ancora ti sbagli, chissà quanta gente va e viene e chiede, sentimi bene, fammi questo favore, vedi tu cosa puoi fare per mettere tutto a posto.

Mi raccomando a Lara, quella ha una testa matta, ma adesso si vede che ci sta provando. E mi raccomando a Mia. Falla ragionare 'sta ragazza. Pensaci tu. Che cosa vuoi, io quello che potevo fare l'ho fatto. Tore mio, pure. Cosa vuoi, siamo gente alla buona, ma 'sta bambina l'abbiamo fatta crescere. E anche Lara, che sembra così sicura di tutto, ma io lo so che invece non è così. Pensaci tu. Mi raccomando. Quando prendo la stella di Natale per Tore te ne porto una anche per te. Promesso. Lasciamo passare solo questi due giorni perché con i prezzi che hanno mi bruciano viva, ma appena scendono un poco vado e compro le due più belle.

E mentre lei pregava a modo suo Santo attraversava lentamente la piazza, quella dove un tempo c'erano troppi piccioni, poi un brutto giro di ragazzi, non come quel trio con le facce belle pulite che adesso vedeva di fronte a lui. Scherzavano tra loro, i cappelli natalizi con le luci che brillavano. La ragazza con il piumino bianco scuoteva la testa e rideva con i due ragazzi.

Si era fermato a guardarli, la pirofila sollevata con due mani, il bagnetto verde depositato sul fondo, la bottiglia di zibibbo sotto l'ascella, il cappotto buono, quello delle feste.

La ragazza, quei capelli, quel viso.

Lei se n'era accorta e prima di entrare in macchina con i suoi amici si era fermata, l'aveva fissato un momento per capire meglio chi fosse.

Forse aveva abbozzato un sorriso? Non era riuscito a vederlo. La voce e i passi di Zita l'avevano distratto. «Ancora qui stai? Ti avevo detto di avviarti! Vedi che se li tieni così 'sti tomini li fai cadere e facciamo la frittata! Dammeli, va'. Santo, ma che, ti sei incantato?»

La pirofila era sparita e anche la ragazza.

«Quella ragazza, in macchina. Era tua nipote.»

«Ma chi? Mia?» Zita aveva aumentato il passo, l'auto era scattata via con il verde. «Ma no, figurati. Aveva un giubbotto chiaro. E poi quella non esce mai alle feste. Sarà già barricata a casa.»

«Sembrava lei, davvero.»

«Eh, ti sembrava perché ora sai che è tua nipote e ci pensi e ti sembra di vederla dappertutto.»

«Forse, si vede che sarà così come dici tu.»

«Dài, andiamo ché Lisetta ci aspetta.»

Si erano avviati in silenzio, Zita perché quello che aveva da dire lo aveva già detto a chi doveva, Santo che continuava a pensare a quella ragazza, a quel sorriso sghembo che avrebbe voluto guardare ancora e non così, quasi di nascosto.

Ma chissà, sicuro aveva ragione Zita, magari quella non era nemmeno sua nipote. Che tra l'altro, ancora nemmeno sapeva di esserlo.

4.

Il tassista l'aveva scaricata, sarebbe stato meglio dire scaraventata visto che aveva passato due rossi pieni, sotto il portone ed era sfrecciato via. Da Porta Nuova a casa di sua figlia, Lara ci aveva messo meno di quindici minuti. Pazzesco, ora che non aveva fretta tutti andavano più veloci.

Il Frecciarossa era arrivato con un piccolo anticipo ed era riuscita a prendere un pacco di biscotti con i pezzi di cioccolato e un prosecco al *corner shop*. Bollicine per annaffiare i ricordi.

Cercò il suo nome. Lo trovò scritto in stampatello, una grafia ordinata, un'etichetta appiccicata su un'altra. Suonò una volta, due, tre. Non accadde nulla.

Eppure il turno all'ipermercato dovrebbe averlo finito da un pezzo. Magari arriva.

Abbottonò il collo del cappotto, la notte avanzava, insieme al freddo tagliente. Si guardò intorno furtiva e, facendo finta di niente, schiacciò la mano a palmo pieno su tutti i campanelli.

Un'esplosione di *chi è?* si materializzò dalla griglia di metallo. Qualcuno, più fiducioso degli altri, aprì il portone.

Entrò nell'androne invaso dalla puzza di fritto. Prese dalla borsa il profumo, lo spruzzò nell'aria.

Salì i tre gradini abbelliti da una dieffenbachia decorata con un nastro rosso. Sistemò la sciarpa di cashmere sotto al sedere, il trolley giallo dietro la schiena.

Guardò fuori dai vetri opachi. Non c'era anima viva.

Erano tutti a mangiare, giocare a carte, qualcuno a pregare madonne e bambinelli.

Forse doveva farlo anche lei. L'attendeva l'ultima prova. La più delicata. E di sua figlia non c'era traccia.

L'avrebbe aspettata. Come aveva fatto lei per tutti quegli anni. Poggiò la borsa per terra, sfilò le Mary Jane.

Restò sull'ultimo gradino a piedi scalzi a prendere confidenza con l'attesa.

Capitolo 27

1.

Mia rientrò con gli occhi appannati di una strana felicità.

Aveva trascorso una serata *divertente*. Stentava a crederlo. Nessun codice morso, ex compagni spuntati dal nulla, messaggi da decifrare nei tovaglioli.

Nessuno sguardo o commento fuori dalle righe. Niente *hai visto quella?*

Enrico e Andrea le avevano presentato un po' di gente, chi voleva parlare lo faceva, chi no stava per i fatti suoi.

Chiacchiere libere, divani comodi, buona musica, qualche stuzzichino non proprio in linea con il suo palato, ma pazienza.

Questa cosa che fosse andato tutto bene la straniva. Come il fatto di potersi bere tranquillamente una birra senza stramazzare come una pera cotta.

"Lo so che ti sembra incredibile, Mia, ma puoi divertirti. O almeno provarci. Resti tu anche se non sei perennemente arrabbiata con l'Universo, sai?"

Chi sa, forse anche questa volta Andrea aveva ragione.

"Ho visto il compagno di mia nonna stasera. Mentre salivamo in macchina. Ed è successa una cosa strana".

"Cosa?"

"Era in mezzo alla piazza della chiesa, con una teglia e una bottiglia

che a momenti gli cadeva; tremava, ma non faceva così freddo. Poi è arrivata mia nonna e subito gli è andata incontro per togliergli le cose dalle mani. Mi hanno fatto, come posso dirti, una specie di tenerezza. Anche un po' triste. Mi sono sentita una stronza. Ho pensato: ma con chi cavolo sto combattendo? È solo un vecchio, in fondo..."

"*Okay.* È solo un vecchio *non è il massimo, ma ce lo faremo bastare".*

"Vabbè, il concetto lo hai capito". Scrollò le spalle, si stappò la seconda birra.

"Sì, sei pronta per una tregua, amica mia. Anche con te stessa. Andiamo a ballare adesso?"

"Vai tu. Enrico già scalpita. Io voglio fare una cosa".

"Donna misteriosa..." l'aveva presa in giro mentre tornava a farsi travolgere dall'entusiasmo della festa.

Girò la chiave nel portone. La luce nell'androne si era fulminata del tutto.

Fuori era buio e così sarebbe rimasto per un bel pezzo.

Anche l'aurora sorgeva con la nebbia, nessuna traccia delle sfumature lilla, lavanda o pesca di cui parlava Wikipedia.

Lei, in quel cielo di periferia, non le aveva mai viste.

Come non aveva mai visto prima quella massa, appoggiata a una valigia, sull'ultimo gradino, accanto alla dieffenbachia con il nastro rosso. Si irrigidì, cercò a tentoni nello zaino lo spray al peperoncino che probabilmente non aveva. Quando Andrea glielo aveva regalato, gli aveva riso in faccia e aveva blaterato qualcosa a proposito del suo essere nocivo all'ambiente. Insomma era stata la solita cagacazzo di sempre. E ora lo rimpiangeva.

Attivò la funzione torcia del telefono, inquadrò la massa che non dava grandi segni di vitalità. Dormiva. Forse era un barbone entrato a ripararsi dal freddo pungente. Però strano, non c'era puzza. Anzi, sentiva anche un profumo che in parte copriva la scia dei capitoni fritti. Ma sì, qualunque cosa fosse non le importava. Poi sull'ultimo gradino notò qualcosa di stranamente familiare. Le scarpe. Accanto alla *cosa* c'erano un paio di Mary Jane di vernice nera, con quindici centimetri di tacco. Inquadrò l'orlo di un cappotto panna, un batuffolo di polvere sconfinato sulle asole. Salì lentamente fino a illuminare il volto dello sconosciuto che si rivelò non esserlo affatto.

«Mamma?» esclamò stupita.

La sfiorò con delicatezza. Fu tentata di restare a guardarla per cercare in quel volto qualcosa che le somigliasse.

Lara si svegliò. Tirò subito su la schiena, passò una mano tra i capelli lisci, adesso più lunghi, che le accarezzavano il viso stropicciato dal sonno.

«Mia, sei arrivata. Che ore sono?»

«Quasi le tre.»

«Sei andata a festeggiare?»

«Avevo in programma di restare a casa, ma le cose non sono andate esattamente come previsto.»

«Non lo fanno quasi mai.» Lara alzò il trolley con le ruote, si alzò in piedi.

Mia guardò la grossa valigia, fissò il mascara striato sotto gli occhi di sua madre. Li trovò belli più delle altre volte, stanchi, imperfetti, più limpidi. Le venne voglia di guardarci dentro per vedere cosa c'era. Per vedere se c'era anche lei.

Infilò la chiave nella serratura che girò a vuoto.

«Hai lasciato aperto?» Sua madre era stupita. Tra le poche cose che sapeva di lei, oltre alla taglia di reggiseno, c'era anche quella mania di chiudersi a chiave. Dentro e fuori.

«Mi sa di sì...»

Entrarono. Mia appoggiò il trolley giallo alla parete, sotto le cornici. Le sembrò di sentire un brusio strano, una voce di sottofondo provenire da quelle foto. La bambina nel campo di papaveri, il pagliaccio con il naso blu, la coppia delle capriole avevano smesso di fare quello che stavano facendo, erano tutti affacciati a guardare la valigia gialla. Forse gli sembrava uno spicchio di sole.

2.

Lara seguiva sua figlia, le Mary Jane che picchiettavano sul pavimento. Le stava addosso, la paura immotivata che potesse sfuggirle, anche se in quei quaranta metri quadri non era possibile.

Temeva di perdere l'attimo, di lasciarsi vincere dalla stanchezza, scappare un'altra volta, l'ennesima. Poi aveva inquadrato la valigia gialla parcheggiata alla parete. Sorrise, sapeva che questa volta sarebbe stato diverso.

Il cinturino delle scarpe le stringeva la caviglia, le tolse di nuovo. Mia stava facendo lo stesso con i suoi abiti, via gli anfibi, la felpa, i leggings. Si accorse che era dimagrita ancora da quando l'aveva vista l'ultima volta, pelle, ossa e *dreads*.

Mia scostò una tenda di plastica a pesci gialli, prese a manovrare i rubinetti, quello rosso, quello blu, di nuovo quello rosso. Una combinazione che conosceva solo lei.

La tenda si chiuse, rimase la sua ombra e l'odore acre del sapone di Marsiglia.

Lara osservò lo spazzolino di bambù nel bicchiere troppo grande. Il rumore dell'acqua cessò. Doccia finita, meno di cinque minuti, cronometrò a occhio Lara. La specchiera si era appannata: sentì l'impulso di scrivere sul vetro quello che voleva dirle, tracciare la verità in punta di dita sul vapore, per non farle male.

Ma Mia era già fuori che la osservava, i piedi bagnati, l'asciugamano arrotolato sui capelli.

«Ho fame. La festa era carina, ma non c'era molto di commestibile. Tu mangi qualcosa?»

Lara annuì.

«Bene. Ho comprato alla bio bottega queste lasagne vegetariane. Vediamo come sono.»

Pasta ripiena nel cuore della notte. Ma sì, che vuoi che ti faccia, tanto è vegetariana. Lara pensò a quello che le avrebbe detto Barbara. *Sei sul ring per il tuo ultimo round, devi essere bella carica.*

Sua figlia sistemava tovagliette quadrate e piatti Ikea. Sfornò la pasta, calda, invitante. Lara l'assaggiò. Girò la forchetta nel vuoto per pizzicare le parole non dette. Iniziò a raccontare.

Il tempo si sciolse in una massa indefinita.

Era già successo un'altra volta. La notte che aveva preceduto il funerale di suo padre.

Lara, estranea in quella casa in cui era cresciuta, non riusciva a dormire, china sul tavolo rotondo scriveva biglietti, con la riga nera, quella sopra gli occhi, già colata via. La porta del tinello si era spalancata ed era comparsa un'ombra esile smarrita in una maglietta grigia. I piedi scalzi di sua figlia avevano lasciato impronte invisibili sul pavimento a chiazze, quello su cui entrambe avevano imparato a camminare, a cadere; quello da cui adesso dovevano imparare a rialzarsi. La luce del cucinino si era accesa, rumore di pentole, d'acqua che scorre, di fiamma che divampa. Mia aveva appoggiato sul tavolo due tazze fumanti, lo sguardo era scivolato sui cartoncini con la stessa, identica, formula di dolore.

"Stai già preparando i biglietti di ringraziamento?"

"Sì" Lara aveva risposto, senza alzare gli occhi dalla biro nera. Sua figlia aveva notato alcuni biglietti messi da parte. Ci galleggiavano parole sciolte d'inchiostro. Per un istante i loro occhi si erano sfiorati, compresi. Un abbraccio liquido, subito sbiadito come le scritte sui biglietti scartati. Mia era tornata in camera. Lei era rimasta in tinello. Un lungo corridoio vuoto in mezzo. Il silenzio interrotto dal gracidare del vecchio frigo che Zita si ostinava a non cambiare.

3.

«Fammi togliere queste scarpe, ché non ne posso più.»

Zita sgambettò lungo il corridoio, spostò la ciniglia caffellatte, guardò crucciata la pila di scatole che aveva piazzato in quel punto. Se non si muovevano con questo trasloco, le cose non sapeva più dove metterle. Come la scarpa che le era rimasta in mano.

«Ti preparo una tisana?» domandò Santo dal tinello.

«Ma sì. Facciamoci una bella camomilla. Ché già mi sento acidità di stomaco. Il pandoro non lo digerisco.»

E lo sapeva pure, da sempre, solo che Lisetta, cara ragazza, ci aveva perso tempo anche a farcirlo con la crema pasticcera e cosa vuoi, non ne assaggi nemmeno un pezzetto? L'aveva fatto per loro quel cenone. "Dobbiamo stare tutti insieme, adesso siamo una famiglia", le aveva detto, sbucciando una cipolla per il ragù con gli occhi che lacrimavano già prima.

Aveva invitato anche Lara per il pranzo di Natale. Che a sorpresa le aveva risposto: "Forse sì, magari faccio un salto, tanto sarò già a Torino. Devo parlare con Mia".

Zita si era stupita e aveva pensato, speriamo, speriamo in bene. Quella sera, nonostante il bruciore di stomaco era contenta. Era accaduto qualcosa di speciale.

Santo le aveva regalato un bel paio di orecchini di oro giallo, che luccicavano tutti. Ma non era felice solo per quel regalo.

Vedi che ho fatto bene a parlare con la Madonnina. Vedi che si è fatta contenta. Le devo portare la stella di Natale. Adesso mi riposo un poco, ma appena mi sveglio vado dalla fioraia e gliene prendo una. Anche se quella mi brucia con i prezzi, che me ne importa.

Gliela voglio portare subito, ancora si risente e chissà cosa capita. Sì, magari un'altra gliela porto pure a Tore. Gliela prendo il doppio di quella della Dal Molin, così festeggia un poco pure lui.

Alla fine le cose belle te le devi prendere quando arrivano. E devi imparare a lasciarle andare quando se ne vanno. Anche l'amore fa così. Arriva e tu credi che starà con te sempre, come le altre cose di casa, il pendolo con due vetri diversi, la poltrona scomoda, la macchina con la plastica sui sedili, le orecchiette a cuocere in pentola la domenica. E invece no. Invece con il tempo la pelle si macchia a poco a poco, il collo diventa più molle, la fronte si increspa come la carta per fare le montagne al presepe. E il cuore si raggrinza perché su quello il siero antietà mica glielo puoi passare.

Però aspetta, adesso fammi trovare prima le ciabatte, dove diavolo sono finite di nuovo. Dannate, che non le trovo mai. Si nascondono come le parole. Che pure quelle non trovo mai. Forse perché ho solo la licenza elementare o forse perché ti puoi prendere tutti i pezzi di carta che vuoi, ma tanto non cambia niente.

Nella testa ce l'aveva chiaro il discorso che avrebbe voluto fare a sua nipote, che le mancava, che le voleva bene, tutte quelle cose là. Ma quando ci provava le veniva tutto storto. Come la piega che aveva fatto dal parrucchiere cinesino, quello nuovo: era uscita conciata peggio di come era entrata e si era dovuta fare lo shampoo a casa ché le prudeva la testa. Anche stare lontana da Mia le faceva venire prurito. I giorni passavano e quello aumentava. Era andata dal dermatologo a buttare trentacinque euro di ticket per niente: il prurito veniva fuori dalle parole non dette o da quelle sbagliate. Come quelle che, quando aveva ancora Tore sulla poltrona che si guardava il telegiornale del Piemonte sul canale tre, gli borbottava punzecchiandogli i piedi con la scopa, per dirgli che alzasse i piedi, perché là sotto c'era un porcile e lei doveva pulire. Quello gli diceva, al posto di dirgli qualcosa di bello.

«Zita, la camomilla è pronta» l'avvisò Santo mentre lei continuava a smontare ricordi e scatole.

Le ciabatte ancora non si trovavano, ma in compenso aveva scovato un paio di ballerine a pois numero trenta. Se le ricordava bene quelle scarpe dal numero sbagliato. Mia non le aveva mai messe, ma lei le aveva conservate lo stesso. Tore si era arrabbiato tanto quel giorno. Ma forse adesso non lo era più.

Era rimasta a guardarle, il vestito natalizio ancora addosso, una scarpa tolta e l'altra no.

Le guardava e ripensava al messaggio che le aveva mandato sua nipote, se l'era fatto leggere da Lisetta perché quando comparivano 'ste bustine sul telefono lei non ci capiva niente. Ma invece Lisetta con la santa pazienza, pure se stava servendo il pandoro, aveva premuto di qua e di là, si era asciugata una lacrima prima che guastasse la crema e glielo aveva fatto leggere.

"Zita, perché non provi a chiamarla?"

Lo aveva fatto. Si erano parlate, un po' impacciate tutte e due. E poi, una parola a metà dopo l'altra, erano andate avanti. Piano piano. È così difficile dire *ti voglio bene*. Infatti non se l'erano detto.

4.

Mia era riuscita a mangiare tre bocconi. Il primo pizzicato con le dita dalla teglia appena sfornata, il secondo coltello e forchetta, seduta a tavola. Il terzo le galleggiava ancora tra gola e stomaco, indeciso sul da farsi, anche se erano passate un paio d'ore.

Se le sarebbe ricordate per sempre, quelle lasagne vegetariane. Insieme a quella verità che sua madre le aveva servito calda e a strati, che adesso le ondeggiava dentro, un po' su un po' giù, come la pasta. Cercava di stare immobile, rannicchiata nel microdivano, per distendere stomaco e testa.

Percepiva l'insonnia di sua madre nella stanza accanto, i suoi passi interrotti, la zip della valigia, la finestra che si apriva, si richiudeva, il silenzio irrequieto in attesa del sonno che non arrivava.

Quella notte infinita si stava sciogliendo nel giorno, e non un giorno qualunque: Natale.

"Perché me lo dici adesso?" aveva chiesto a sua madre al termine di quel racconto atteso così a lungo.

"Pensavo che ormai non avesse più senso raccontarti niente. Era passato troppo tempo, e cosa potevo dirti? Non sarebbe cambiato nulla. Ma quando è arrivata la partecipazione di tua nonna ho letto quel nome, quel cognome. È scattato qualcosa. Ho pensato che forse avevo un'altra opportunità. *Avevamo.* Tutte e tre. Per andare avanti o ricominciare. Hai presente quando in una frase la virgola è al posto sbagliato? Tu leggi e il significato ti sfugge. Non lo capisci. Ma se quella virgola la sposti, le fai accarezzare una parola al posto di un'altra, all'improvviso tutto si illumina. E tu, finalmente, comprendi".

Sua madre in quella virgola che cambiava posto ci aveva visto lo spazio per una nuova serenità. Le aveva mostrato una foto con il bordo di plastica, spesso. C'era un ragazzo, occhi celesti, spalle forti, dita sottili strette al manubrio della moto. Sulla scocca l'adesivo fluorescente con il suo nome: *Daniele*. Lo stesso che si sarebbe accartocciato insieme alla sua vita. E alla possibilità di diventare padre.

Quella era la sua storia. Non era figlia del caso. Poteva andarle meglio? Poteva andarle peggio? Non lo sapeva. Ma era semplice da riassumere: lei non avrebbe mai conosciuto suo padre. Suo padre non avrebbe mai conosciuto lei. Suo padre e sua madre si erano amati, a modo loro. E ora aveva la possibilità di conoscere suo nonno. Nessuna virgola al posto sbagliato. Nessun errore di punteggiatura.

"Adesso hai tutte le pagine della tua storia. Decidi tu come andare avanti" le aveva accarezzato la guancia, un tocco lieve con la scia di una responsabilità pesante.

Accettare di far parte di una nuova famiglia. O voltare le spalle a tutti, continuare da sola. Restare al buio come aveva fatto fino ad allora.

Si erano augurate buonanotte, l'abbraccio incerto di chi vorrebbe stringere di più, ma non lo fa perché ciò che è fragile va maneggiato con cura.

La porta della camera da letto si era chiusa come un sipario: fine del loro primo atto insieme.

Mia si era stesa sul divano, i piedi a penzoloni, i pensieri anche. Un passato sottovuoto da lasciare chiuso o da scartare come un regalo per fare entrare ossigeno e trasformarlo in presente. Un futuro con finale a sorpresa in cui tua nonna materna si innamora inconsapevolmente di tuo nonno paterno. Quello che dal principio ti è stato sullo stomaco, perché lo hai visto prendere il posto di un altro. Un posto che non gli apparteneva. E invece sì.

Aprì gli occhi. L'albero cinese lampeggiava. Profumo di caffè e gelsomino. Biscotti al cioccolato sul tavolo, quelli che mangiava da bambina. Doveva essersi addormentata. Scostò il plaid con cui non ricordava di essersi coperta. Sentì il rumore della doccia, il trolley giallo di sua madre era ancora appoggiato alla parete. Scivolò scalza sul pavimento. Non sentiva freddo. La finestra era socchiusa, la tapparella alzata. L'aurora tagliava la nebbia a spicchi, l'orizzonte si schiariva con dei colori a sorpresa: bianco, arancio, giallo, oro. Non era più buio.

Epilogo

Di cose quel giorno ne erano successe tante. Troppe.

La prima che Mia ricordava è che aveva deciso di indossare un vestito nero nonostante le proteste di sua madre. La seconda erano le scarpe che proprio lei le aveva regalato, troppo alte e della misura sbagliata, su cui continuava a inciampare e che non avrebbe messo mai più.

La chiesa era in fondo alla piazza, quella dove molto tempo prima c'erano i piccioni, poi gli spacciatori e ora uno squallido parcheggio con il disco orario.

Mia si era arrotolata la coda del vestito intorno al polso ed era entrata.

C'era gente dappertutto. Quella storia era passata di bocca in bocca più volte e adesso che andava in scena il gran finale nessuno voleva perderselo.

Intravide la Dal Molin in prima fila, il solito spolverino *vecchio come il cucco*. Poco più avanti Caterina, un bel vestito fior di pesco, si tamponava gli occhi con un fazzoletto ricamato, già emozionata.

Di sua madre percepì prima il rumore dei tacchi che andavano avanti e indietro, nervosi, poi la scia inconfondibile del suo Air du temps; se n'era messo così tanto che sovrastava il profumo dei gladioli che Zita aveva voluto dappertutto perché delle rose si era stufata.

«Hai portato gli anelli?» le chiese Lara facendosi largo tra la folla curiosa.

Mia annuì e insieme raggiunsero la donna bionda, il volto da ragazzina con le rughe, i capelli raccolti sulla nuca, un'orchidea che ci sbocciava in mezzo: sua zia Lisetta.

L'organo intonò la marcia nuziale. Sulla porta comparvero gli sposi a braccetto, i passi accelerati dal battito dell'attesa.

Sua nonna era avvolta in una nuvola zaffiro, radiosa. Dall'orlo si intravedevano i sandali rossi, fuori stagione, che aveva voluto indossare a tutti i costi: "Si chiamano *Tramonto d'estate*: quando li ho visti mi sono innamorata".

Sì, si era innamorata. Le aveva detto la verità.

Questo era il suo ricordo più prezioso. Lo avrebbe custodito al centro delle sue cornici.

Una cartolina da Las Vegas

Ciao,

siamo contenti che tu abbia deciso di passare un po' di tempo in compagnia di un nostro libro.

Vorremmo raccontarti qualcosa di noi: facciamo libri che regalano uno sguardo diverso e inatteso. Che rifiutano il cliché, il genere, il canone, i pregiudizi, la routine, le convenzioni, le mode, la noia.

I nostri libri sono per chi, come te, vuole spingersi oltre i propri limiti. Dentro ci troverai storie che ti faranno girare la testa, perché tu non ami guardare sempre nella stessa direzione e preferisci i sentieri poco battuti, vuoi essere sorpreso e ti piace cambiare prospettiva. Immedesimarti in personaggi complessi e fuori dall'ordinario non ti fa paura.

Las Vegas edizioni è nata nel 2007 a Torino e fin dalla scelta del nome ha voluto scommettere su un nuovo modo di fare editoria, più fresco e attraente.

Ma a Las Vegas convivono luci abbaglianti e ombre inattese. Dietro la facciata di eccesso e divertimento, c'è un universo da scoprire, dove nulla è come appare.

Quello che ti chiediamo è di metterti alla prova e immergerti nelle nostre storie. Noi scommettiamo che ne uscirai cambiato.

Se questa esperienza ti è piaciuta, continua a seguirci attraverso i nostri libri, la nostra newsletter, le nostre pagine social.

Speriamo di rivederti presto a Las Vegas!

Andrea & Carlotta

Collana "i jackpot"

1. AA.VV., *Viva Las Vegas* (a cura di Andrea Malabaila)
2. Hector Luis Belial, *Saxophone Street Blues*
3. Marco Candida, *Il diario dei sogni*
4. Christian Mascheroni, *Attraversami*
5. Giulia Meli, *Oltre l'ostacolo*
6. Daniele Vecchiotti, *Il cosmo secondo Agnetha* (nuova edizione)
7. Gianluca Mercadante, *Polaroid*
8. Eva Clesis, *Guardrail* (nuova edizione)
9. AA.VV., *Rien ne va plus* (a cura di Enrico Piscitelli)
10. Hector Luis Belial, *Making Movies* (nuova edizione)
11. Beppe Marchetti, *Un'altra estate*
12. Giulia Meli, *Lontano da qui*
13. Enrico Piscitelli, *La minima importanza*
14. Gianluca Mercadante, *Cherosene*
15. Manuela Giacchetta, *Bowling e margherite*
16. Marco Candida, *Il bisogno dei segreti*
17. Sandro Carlesso, *Il volo del surfista*
18. Hector Luis Belial/Elia Gonella, *Alla corte del Re Cremisi*
19. Giuseppe Sofo, *Quest'alba radioattiva*
20. Giorgio Pirazzini, *La notte raccolgo fiori di carne*
21. Christian Mascheroni, *Wienna*
22. Enzo Gaiotto, *Rosso Katmandu*
23. Vito Ferro, *Festival Maracanã*
24. Laura Costantini/Loredana Falcone, *Il destino attende a Canyon Apache*
25. Giorgio Pirazzini, *I cattivi pensieri*
26. Piero Calò, *La penultima città*
27. Davide Bacchilega, *I romagnoli ammazzano al mercoledì*
28. Enzo Gaiotto, *Solo me ne vo per la città*
29. AA.VV., *Prendi la DeLorean e scappa* (a cura di Andrea Malabaila)

30. Davide Bacchilega, *Più piccolo è il paese, più grandi sono i peccati*
31. Lorenzo Vargas, *Una più del Diavolo*
32. Davide Bacchilega, *La più odiata dagli italiani*
33. Federico Fascetti, *Fuori stagione*
34. Eva Clesis, *Lo Straordinario*
35. Gianluca Mercadante, *Casinò Hormonal*
36. Elia Gonella, *Tenebre*
37. Giuse Alemanno, *Come belve feroci*
38. Matteo di Pascale, *Il piano inclinato*
39. Monica Coppola, *La misura imperfetta del tempo*

Collana "las cerezitas"

1. Christian Mascheroni, *Alex fa due passi*
2. Manuela Giacchetta, *La collezione Lancourt*

Collana "i jolly"

1. Gianluca Mercadante, *Caro scrittore in erba...*
2. Stefano Grimaldi, *Ho sposato mia suocera*
3. Cristina Brondoni, *Dietro la scena del crimine*
4. Gianluca Mercadante, *Caro lettore in erba...*
5. Simone Cerri, *Non sparate sul regista*
6. Fulvio Gatti, *I nerd salveranno il mondo*

Stampato per conto di Las Vegas edizioni
da Rotobook - Geca
San Giuliano Milanese (MI)